GULLIVER

JEUNESSE

COLLECTION DIRIGÉE PAR **ANNE-MARIE AUBIN**

La Lumière
blanche

La Lumière blanche

ANIQUE POITRAS
ILLUSTRATIONS : MARTINE CHARTRAND

ROMAN

QUÉBEC/AMÉRIQUE JEUNESSE

1380 A, rue de Coulomb
Boucherville, Québec J4B 7J4
(514) 655-6084

Données de catalogage avant publication (Canada)

Poitras, Anique, 1961-
La Lumière blanche : roman

(Gulliver jeunesse ; 49)

ISBN 2-89037-659-1
I. Titre. II. Collection.

PS8581.O245L85 1993   jC843' .54   C93-097212-0
PS9581.O245L85 1993
PZ23.P64Lu 1993

Les Éditions Québec/Amérique bénéficient du programme de subvention globale du Conseil des Arts du
Canada.

Dépôt légal:
4e trimestre 1993
Bibliothèque nationale du Québec
Bibliothèque nationale du Canada

Diffusion:
Éditions françaises
1411, rue Ampère
Boucherville (Québec)
J4B 5W2
(514) 641-0514
(514) 871-0111 - région métropolitaine
1-800-361-9635 - région extérieure
(514) 641-4893 - télécopieur

Montage: Cait Beattie

À la mémoire de Diane Ricard,
Serge Venne et
Marie-Paule Poitras-Lusignan.

Je tiens à remercier particulièrement mes fidèles critiques et amies du CAFÉ AUX LETTRES, Rollande Boivin, Céline Gingras et Suzanne Séguin, qui n'ont cessé de favoriser (aider, encourager, protéger, soutenir) l'auteure et son roman.

Merci à Paul Chamberland, René Lapierre et Diane Parisien pour leur confiance.

Merci à sœur Jacqueline Villeneuve, directrice pédagogique, et aux lectrices du Collège Regina-Asumpta.

Merci aussi à Frédéric et à Céleste pour mille et une raisons.

Ce projet d'écriture a été subventionné par le programme Explorations du Conseil des Arts du Canada.

« Nous sommes de l'étoffe dont
sont faits les songes et notre petite
vie est entourée de sommeil. »

WILLIAM SHAKESPEARE

Chapitre 1

On se croirait en plein roman fantastique. Ma mère est au bord de la crise de nerfs. L'ambulance vient d'arriver.

Deux types, l'un gros, l'autre pas, s'amènent dans ma chambre avec une civière. Ils ont bel et bien l'intention de me clouer dessus. Le gros monsieur joufflu pose des questions. Maman répond que je suis née le 8 avril 195...

Le maigrichon hausse les sourcils :

— En tout cas, si elle a quarante ans, elle est bien conservée!

Blême comme un drap, ma mère échappe un petit rire nerveux suivi d'un hoquet, s'excuse et précise, toujours en hoquetant, qu'elle a donné sa propre date de naissance.

Ma mère reprend son souffle et ses esprits :

— Elle, comme vous dites, c'est ma fille! Elle s'appelle Sara Lemieux. Elle est née le 4 octobre 197... Elle a effectivement treize ans et non trente-huit. À présent, dépêchez-vous donc de lui sauver la vie!

Les deux hommes s'exécutent. Willie, mon chat, ronronne à mes pieds, sous les couvertures. En l'apercevant, la face de saucisson recule vivement d'un pas. Il s'empresse de mentionner sa grande allergie à toute espèce de bibites à poils et ordonne qu'on chasse la bête.

Pas bête du tout, Willie s'en va de lui-même. Il est, quant à lui, allergique aux «airs bêtes» de cette espèce.

Décidément, maman persiste à croire les ambulanciers incompétents. Ils ont beau me déposer très très doucement sur la civière, elle leur crie de manipuler CE PAUVRE CORPS D'ENFANT avec plus de délicatesse :

— Vous voyez bien qu'elle est entre la vie et la mort! Ce n'est pas une raison pour l'achever, imbéciles!

— Chère madame, de toute évidence, vous n'êtes pas ambulancière, mais il n'est pas trop tard pour vous recycler! dit le gros monsieur joufflu.

Maman se tait. On dirait qu'elle va pleurer. Ça y est : elle pleure.

— Excusez-moi, madame. Je ne voulais pas vous blesser, dit l'ambulancier bedonnant d'une voix pleine de douceur, en lui pressant légèrement l'épaule.

— Ça n'a rien à voir avec vous... Je suis tellement inquiète pour Sara! dit-elle entre deux soupirs.

Le maigrelet lui tend quelques mouchoirs, mais elle ne le voit pas et essuie ses larmes avec ses doigts. Pauvre maman! Elle sanglote en murmurant «ma petite fille» et caresse mon front glacé et mes cheveux en broussaille comme elle le faisait pour m'endormir quand j'étais enfant.

Cet élan de chaleureuse tendresse maternelle me trouble un peu. Me plaît aussi. En général, ma mère est plutôt occupée à me dicter ma conduite. Et à me corriger : en long, en large et en rouge, souligné trois fois.

Surtout depuis que papa ne vit plus à la maison.

Lentement mais sûrement, je me suis habituée à mes nouveaux surnoms : MON POUSSIN et GRIPETTE! Dire qu'avant c'était MINOU CHÉRI! Ah le Bon Jeune Temps!

Les deux hommes emportent mon corps inerte. Maman les a à l'œil. On dépose la civière dans l'ambulance. Maman prend place à bord et continue de me flatter comme si j'étais Willie. J'ai baptisé mon chat Willie en hommage à Shakespeare. J'ai deux idoles. L'autre, c'est Pat Metheny, le plus grand musicien de jazz de notre époque. Selon moi du moins. Écouter l'un en lisant l'autre, WOW!

La sirène entame son célèbre chant. Contrairement à ce que croit ma mère, je ne suis pas du tout à l'agonie.

Voyez-vous, à l'heure où mes copines ne pensent qu'à flirter avec les gars de l'école, moi, je joue vraiment les JULIETTE. Enfin, pas tout à fait. Juliette est réellement morte pour Roméo tandis que moi, je... Disons que j'ai quitté temporairement mon enveloppe charnelle, communément appelée le corps. Pourquoi? Pour rejoindre mon Roméo. Mais à l'allure où vont les choses, notre belle histoire risque de se compliquer.

Je ne pouvais tout de même pas deviner que ma mère viendrait dans ma chambre en plein cœur de la nuit et me trouverait dans cet état!

C'est la faute de l'humidificateur! Maman l'avait placé à côté de mon lit. Il y a soi-disant un virus dans l'air et comme je toussais un peu... Enfin, ma très chère poule de mère a eu l'idée géniale de vérifier le niveau d'eau de l'engin. Pour couronner le tout, elle a eu la brillance d'esprit de toucher mon front. Inutile de préciser qu'il était plutôt frais, puisque je n'ai pas réintégré mon corps.

Actuellement, nous roulons en direction de l'hôpital Sainte-Justine, spécialisé dans la jeunesse malade. De toute évidence, je suis dans de beaux draps!

Chapitre 2

Et si je commençais par le com-
mencement? Tout ça débute un
après-midi nuageux de mars.

Face à la baie vitrée de notre
splendide salon, je pianote distraite-
ment un concerto. J'aurais spontanément tendance à bouder Mozart et
compagnie, mais mon père m'en-
courage tellement, pour ne pas dire
qu'il m'oblige à persévérer :

— Sara, si tu savais quelle chance
tu as de pouvoir accéder à cet uni-
vers de chefs-d'œuvre! Si seulement
mes parents avaient eu les moyens
de me payer des cours!... Ah! La très
sublime et grandiose musique!

Bla bla bla!...

Les parents sont parfois bien acha-
lants avec leurs rêves poussiéreux.

Surtout quand ils s'acharnent à vouloir les refiler à leurs rejetons naïfs. Comme si les rêves étaient forcément héréditaires!

Ainsi, papa joue sur mes cordes sensibles, et moi, je joue Mozart pour amoindrir sa peine d'enfant non consolé. Bonne fille, va!

Bien entendu, ça ne m'empêche pas d'accorder plus d'attention à la scène qui a lieu dehors qu'à ma partition.

Les yeux rivés sur le camion de déménagement stationné dans l'entrée de nos voisins de droite, je rêve tout bas.

Depuis notre départ de la banlieue pour la ville, je ne suis pas très gâtée côté copines. Et Steph me manque. Elle était ma meilleure amie depuis la maternelle. On a beau avoir juré solennellement de ne jamais se perdre de vue, on se perd de plus en plus : de vue et du reste. On s'appelle moins souvent. On se parle moins longtemps. Et on ne se coupe plus jamais la parole parce qu'on a trop de choses à se dire en même temps.

Tout ça parce que madame ma

mère ne supportait plus de gaspiller son précieux temps sur le pont Jacques-Cartier, entre huit heures trente et neuf heures dix, du lundi au vendredi.

À l'entendre, je n'ai pas à me plaindre! Nous vivons dans une superbe vieille maison complètement rajeunie, dans un secteur magnifique et paisible, dans une très belle rue boisée mais, à mon avis, infestée de vieilles personnes.

Quel soulagement le jour où le cottage d'à côté s'est finalement vidé des vieux grincheux qui le hantaient depuis la nuit des temps!

Je caresse l'espoir d'avoir une fille de mon âge comme voisine. Et, qui sait, comme amie. Oh, elle ne remplacerait pas Stéphanie, mais elle pourrait être aussi extra!

Ça serait vraiment chouette, mais, surtout, ça ne serait pas un luxe. J'en avais vraiment ras le bol des Latourelle (ratoureux, radoteux, ratatinés) et de leur esprit tordu. Quand j'y repense : l'été, je ne pouvais même pas me promener tranquillement dans notre cour, en bikini, sans me faire traiter de petite cochonne par mémé Ratatouille! Le cochon, c'était plutôt son vieux «snoreau», comme elle l'appelait. Toujours immanquablement affairé à son potager, à ces moments-là, il me dévisageait de la tête aux fesses : les yeux ronds comme des dollars, la bave au coin des lèvres, en grognant comme un pitou piteux.

Ils sont partis, bon débarras! Quant à moi, je pourrai laisser pousser mes seins en paix, à l'abri des bêtises et des regards obliques.

Pour l'instant, je reste aux aguets. Les déménageurs transportent un énorme congélateur blanc. Mes doigts s'accrochent dans les notes noires. Je n'exécute plus le concerto, je le martyrise.

Dans l'entrée, j'aperçois maintenant une femme très jolie, vêtue d'un blouson identique à celui que ma mère vient de s'acheter. Ses longs cheveux roux sont attachés en queue de cheval. D'une main, elle tient un très jeune garçon lourdaud et grassouillet et, de l'autre, un sac à poignées en osier. À quelques mètres derrière, deux garçons qui ont à peu près mon âge trimbalent boîtes et mallettes. Le plus grand, seul à ne pas avoir la chevelure couleur carotte mais châtain clair, donne de légers coups de pied à un ballon de basket.

Je cherche aux alentours l'amie imaginée. Nulle trace d'elle à l'horizon. Le gars au ballon jette un regard à la fenêtre d'où je l'observe. Je penche un peu la tête pour qu'il ne me voie pas. De loin, je ne le trouve pas laid du tout. En fait, il ressemble beaucoup à la belle femme rousse : sa mère, de toute évidence. Je marmonne entre les dents : «Si tu penses trouver ici un mordu des sports pour se défoncer avec toi au basket, tu te mets un doigt dans l'œil et ton ballon aussi!»

— M'as-tu parlé, Sara? me crie mon père de la cuisine.

— Non, papa! Je discutais de musique avec moi-même!

Tiens, Mozart! Prends ça! que je pense en piochant sur le clavier pour achever cette maudite pièce qui n'en finit plus de se lamenter.

Une femme et ses trois fils : tels seraient nos nouveaux voisins? Je suis déçue. Très très très déçue.

Je pense que je vais de ce pas téléphoner à Steph.

— Sara, viens-tu m'aider à mettre la table? me demande gentiment mon père.

Il n'ajoute pas que j'ai joué comme un pied. Je suis sûre qu'il le pense et je m'en fous éperdument!

Chapitre 3

— Marc, assure-toi que les pâtes ne soient pas trop cuites! crie ma mère de la douche.

Mon père hausse les épaules en me faisant un clin d'œil : «Elle n'est même pas foutue de se laver en paix!» murmure-t-il en secouant les fettucini sous l'eau froide.

Je ne sais pas pourquoi maman s'acharne autant à se mêler des affaires culinaires de papa. Une personne, ici, a le don de servir des nouilles pâteuses, molles et collantes : ma mère!

Elle s'inquiète toujours pour tout et pour rien à propos de lui. Pourtant, côté bouffe, il se débrouille plutôt bien. Une chose est certaine, il prépare les meilleurs fettucini Alfredo en ville : une recette de l'un de ses clients, restaurateur italien. Il a beau dire n'avoir aucun mérite, moi, je pense qu'il est trop modeste.

Là, je suis prête à parier mon assiette que maman, en sortant de la salle de bains, va s'empresser d'aller vérifier dans la passoire si les pâtes sont à point.

— C'est prêt, Solange, dit doucement l'homme au tablier en allumant la bougie rouge au centre de la table.

Merde, je n'aurai pas le temps d'appeler Steph! La grâce en personne apparaît dans la cuisine. Absolument élégante dans son déshabillé de soie turquoise à pois lilas. Cheveux scientifiquement défaits. Léger soupçon de poudre folle translucide sur le nez pour un teint impeccablement mat; un autre produit BELLE, compagnie dont madame ma mère est PDG.

Oh! Oh! Maman s'apprêterait-elle à séduire l'homme aux chaudrons, qui a le souffle coupé en l'apercevant?

Pas pour le moment. Comme prévu, elle se dirige droit vers l'évier. À la recherche des nouilles.

— Désolé, bel ange, elles sont déjà dans la sauce! fait papa, l'air déçu.

Le bel ange demande si elle peut se rendre utile.

— Bien sûr! répond mon père. Tu t'assois et tu savoures, d'accord? ajoute-t-il en déposant fièrement l'assiette fumante devant elle.

Je prends place à table. On sonne à la porte. Je me lève et vais ouvrir.

Le gars au ballon. Devant moi. L'air timide. Pas laid du tout.

J'ai faim et les fettucini de papa m'attendent sur la table de la salle à manger.

Il me regarde. J'attends qu'il parle.

— Allô! Je m'appelle Serge. Je viens juste de déménager dans la maison d'à côté.

— Je sais!

J'ai parlé trop vite. Je m'en mords les doigts et la langue.

— Ah! C'était toi dans la fenêtre, tout à l'heure!

Syntaxe! Il m'a vu l'épier. Je ne suis pas contente de moi du tout!

— À quelle école tu vas? ajoute-t-il en souriant, sans cesser de me regarder droit dans les yeux.

— À COLETTE.

— Moi aussi! Tu es en quelle année?

— En secondaire un.

— Je suis en deux, dit-il en regardant par terre.

Il était temps! Je commençais à trouver son regard un peu gênant.

Après tout, ce nouveau voisin n'est sûrement pas venu sonner ici, à l'heure du souper, pour faire connaissance!

— Mon frère Frédéric, lui, est en secondaire un. S'il y a un nouveau dans ta classe, lundi prochain, roux avec des taches de rousseur, c'est lui!

Décidément, je n'aime pas sa façon de m'observer longuement, comme si j'étais une extraterrestre.

Pourquoi je rougis, merde? Je compte jusqu'à deux. Si à deux il n'a pas dit ce qu'il fait chez nous...

— Ma mère demande si c'est possible de vous emprunter un marteau et un tournevis à étoile. On a cherché partout, mais on n'a pas trouvé le coffre à outils parmi toutes les boîtes.

— Je vais demander à mon père,
je réponds sèchement.

En me retournant, je tombe nez à
nez avec papa. Il s'approche de notre
voisin, lui tend la main et lui souhaite
la bienvenue dans le quartier. Il
ajoute qu'il lui apporte les outils
immédiatement et disparaît au sous-
sol.

Serge attend patiemment. Son
regard toujours braqué sur moi.
Qu'est-ce que je fais? Je l'abandonne
sur le seuil en prétextant que mon
souper va refroidir? Ou je reste là,
comme une nouille, à patauger dans
la gêne comme mes fettucini dans
leur sauce?

— COLETTE, c'est quel genre
d'école? demande-t-il.

— Une polyvalente comme une
autre! Avec des profs, des étudiants
et des cours, si c'est ce que tu veux
savoir!

Je suis bête comme mes pieds et
je m'en aperçois. Mon nouveau
voisin, lui, ne semble même pas en
être offusqué.

Le temps passe lentement. Une
éternité.

Mon père nous rejoint enfin, outils en mains. Il les tend au visiteur.

— Merci beaucoup, monsieur. Vous êtes très gentil, fait le garçon BCIF (Bien Comme Il Faut).

Papa affirme qu'il ne doit pas y avoir de gêne (ça, c'est lui qui le dit), il faut s'entraider entre voisins!

Serge s'en va après m'avoir destiné son plus beau sourire. Mon père retourne à la salle à manger.

Moi, je me traîne les pieds jusqu'à la table. Ma mère me dit de ne pas faire ça. Comme si j'avais encore huit ans!

— Sara, ça va être froid! ajoute-t-elle.

Je lui dis de ne pas parler la bouche pleine. Elle ne me trouve pas drôle. Mon père, oui.

Ma faim s'en est allée comme par enchantement, mais rien n'échappe à l'œil magique maternel. *Sexy*-maman demande, sur un ton de reproche, si je me suis bourrée de cochonneries. Mon père prend ma défense.

— Non, madame, je suis témoin! répond-il.

Puis, se tournant vers moi, il poursuit, l'air malin :

— Ce ne serait pas notre jeune visiteur, par hasard, qui t'aurait coupé l'appétit en te tombant dans l'œil?

Et vlan! Mais qu'est-ce qui lui prend? Ce n'est pourtant pas dans son habitude d'être vache avec moi.

Je fige sur ma chaise. Comme la goutte de cire qui a coulé sur la nappe.

Ma mère sourit en me scrutant, comme si elle me voyait pour la première fois :

— C'est vrai, Sara? Oh, ma fille, méfie-toi du coup de foudre! dit-elle en regardant mon père sournoisement.

Eh! Ils ont vraiment l'air de s'amuser follement, mes chers parents! Je ne supporte pas qu'ils se paient ma tête à si bon compte!

Rouge comme la bougie, je brûle de rage et quitte la table en beuglant :

— Il est même pas beau, si vous voulez savoir!

J'envoie promener ma serviette de table dans mes fettucini et je déguerpis en direction de ma chambre, les poings, les mâchoires et le cœur serrés.

Ma mère me rattrape dans le corridor :

— Voyons, Minou chéri, prends-le pas comme ça! me dit-elle, douce comme du miel de trèfle à quatre feuilles.

— JE LE prendrai comme JE LE voudrai!

Je m'arrache à son étreinte et à son regard exagérément tendre. Je fonce droit dans ma chambre, fais claquer la porte et me laisse tomber à plat ventre sur mon lit.

Peu après, j'entends, dans la salle à manger, ma mère se plaindre de Minou méchant :

— Elle est donc susceptible, cette fille-là! Des fois, je ne sais vraiment plus comment en venir à bout!

— Sara est hypersensible, réplique mon père.

Ils peuvent bien discuter de mon hypersensibilité jusqu'à demain matin! Et se creuser la tête jusqu'en Chine pour trouver des solutions.

Ils m'appellent. Une fois. Deux fois. Trois fois. Je ne me présente pas.

J'entends qu'ils desservent la table.

Ça sonne à la porte. Papa me demande très très gentiment si je veux aller ouvrir. Je crie :

— NON!

J'entends mon père dire :

— Ce n'est rien, voyons! Ça m'a fait plaisir!

J'entends le gars au ballon dire bonsoir, dire merci, dire :

— Vous direz bonsoir à votre fille!

J'entends la porte se refermer.

Je donne des coups de poing à mon oreiller. Je le bats de toutes mes forces.

Soudainement, je me lève et cours à la fenêtre. Je me trouve complètement niaiseuse.

Il marche lentement, les bras ballants, en donnant des coups de pied à son ballon imaginaire.

Avant de s'engager dans l'allée de leur maison, il se retourne et regarde vers chez nous. Je me retire du paysage : cette fois, il ne m'y prendra pas!

Il a disparu.

Ma foi, je suis complètement maboule! Sur la vitre, avec mon index, je trace des lettres... S-E-R-G-E.

On frappe à ma porte. Je sursaute et me dépêche de barbouiller mes écrits.

— Sara! Je t'apporte de quoi te ravigoter, chérie, me dit papa.

— Je n'ai pas faim!

— Veux-tu, on va se parler dans le blanc des yeux, tous les deux?

— Non! Je veux voir personne!

Il n'insiste pas. J'enfouis ma tête dans mon oreiller et le serre très fort contre moi.

Je pleure tout bas. Tout bas, tout bas, tout bas...

Chapitre 4

Décidément, Steph en a long à dire. Mais à qui? Ça fait quatre fois que j'appelle chez elle et c'est toujours occupé. À quoi ça sert de posséder un joli téléphone en forme de cœur dans sa chambre si on a juste une amie et qu'on ne peut jamais lui parler?

— Sara? Serge demande si tu veux pratiquer tes lancers de punition, me crie ma mère du salon.

On sait bien, son frère cloué au lit par le rhume, il pense à m'inviter! Tu sauras, Serge Viens, que je ne suis le bouche-trou de personne!

— Non! Ça me tente pas!

Bon, ça y est! Elle va même se donner la peine d'interrompre sa querelle quotidienne avec papa pour essayer de me faire changer d'idée. Ça m'achale!

Elle frappe discrètement à ma porte, sur laquelle il est pourtant écrit : PAS DE COLPORTEURS!

— Quoi?

Elle entre, sourit, fait un pas :

— Voyons, Sara, tu aimes ça, le basket-ball! Pourquoi tu n'y vas pas?

— Ça me tente pas!

— Un peu d'exercice ne te ferait pas de tort, insiste-t-elle. Tu passes de plus en plus d'heures cloîtrée dans ta chambre; ce n'est pas très sain!

— J'ai dit non! N-O-N, NON! C'est pas du chinois, à ce que je sache!

Elle sort sa dernière carte :

— Ce garçon est tellement gentil, pourquoi es-tu si distante avec lui?

Je ne réponds pas.

— Il te chamboule à ce point-là, Minou chéri? dit-elle en amorçant un pas vers moi.

Je la fusille du regard. Elle se heurte à mon silence : barrière à ne pas franchir! Elle referme la porte derrière elle, l'air découragé.

Ce garçon est tellement gentil!

Pouah! Je ne sais pas comment j'ai pu le trouver beau une seule fraction de seconde! Il est laid comme un pou! D'acord, ce n'est pas une laideur. En tout cas, il m'énerve! Toujours super poli, extra calme, hyper souriant! Il fait très petit monsieur. En plus, il est sportif : à fuir!

En ce qui me concerne, j'ai pris les grands moyens pour lui faire savoir que je ne veux rien savoir. Si, par malheur, je le trouve sur mon chemin en direction de l'école, j'accélère ou ralentis le pas. Ou bien je traverse la rue et marche sur l'autre trottoir. À la cafétéria, je ne le vois pas : volontairement.

Il a fini par comprendre, j'imagine. Il ne m'attend plus jamais à la sortie de l'école pour que nous fassions le trajet du retour ensemble, son frère Frédéric, lui et moi.

Je ne m'inquiète pas à son sujet. Pour un nouveau fraîchement débarqué en plein milieu d'année scolaire, il s'adapte plutôt bien.

Sans compter que plusieurs filles lui font les yeux doux. De toute évidence, elles ne demandent pas mieux que de l'aider à s'intégrer.

Même Greta Labelle, hier après-midi, disait à Nénette :

— Je te jure que je ne lui ferais pas mal, au châtain aux yeux vert pomme!

Et Greta, ce n'est pas n'importe qui! Elle a été reconnue officiellement, à l'unanimité, BEAUTÉ DIVINE de COLETTE. Moitié suédoise, moitié québécoise, blonde, yeux gris, voix grave et sensuelle : elle ressemble à une actrice hollywoodienne. Bien roulée pour ses treize ans, elle roule ses «r» et porte un soutien-gorge en dentelle sous ses vieux tee-shirts blancs. Les langues sales affirment qu'elle le bourre de Kleenex : elles sont évidemment jalouses et plates comme des planches à repasser.

Greta n'est jamais à court de soupirants. Elle a le don de faire soupirer les gars. Ils sont attirés par elle comme les papillons nocturnes par une ampoule électrique allumée. Et ils s'y brûlent. À tour de rôle. En rêvant de l'épouser un jour.

Moi, je ne me marierai jamais. C'est trop débile un couple. Même deux personnes très intelligentes deviennent complètement gaga, une fois ensemble.

Mes parents, par exemple, ne sont pas des imbéciles. Pourtant, dès qu'ils sont en contact, tout s'effondre, sauf la maison. Ils m'ennuient avec leur histoire. Toujours la même : l'un n'en fait jamais assez pour l'autre, convaincu d'en faire trop! Tellement occupés à se chicaner, ils en oublient facilement mon existence. Je fais partie de leur décor : un beau meuble, quoi!

Qu'ils mangent de la crotte! Ils ont l'air d'aimer ça.

Syntaxe! C'est encore occupé chez Steph! Une heure et demie que j'essaie de la rejoindre. Une vraie pie, celle-là!

Tant pis! C'est l'occasion rêvée d'utiliser le beau papier à lettres imprimé de nuages qu'elle m'a offert comme cadeau d'adieu.

C'était tellement triste, ce jour-là. Accrochées l'une à l'autre, nous pleurions comme des fontaines jumelles sur le trottoir. En jurant-crachant de ne jamais nous oublier.

Mon père s'est mis à klaxonner. L'heure du grand départ avait sonné.

Je suis montée dans la voiture, le cadeau de Stephanie collé sur mon cœur, le visage bouffi par mes larmes.

Elle m'envoyait la main. J'ai fermé les yeux. j'avais trop mal.

Allô Steph,

Comme ce n'était pas possible de t'avoir au téléphone, j'ai décidé de t'écrire.

Je m'ennuie beaucoup de toi. Et je m'ennuie tout court.

Je n'ai pas encore trouvé de meilleure amie à Montréal. J'ai quelques bonnes copines, mais je n'arrive pas à me dégêner complètement avec elles.

Penses-tu à moi de temps en temps? C'est toujours moi qui fais les premiers pas! Je commence à être tannée, mais je t'aime beaucoup quand même.

Est-ce que la grande Sauvageau a fini par me remplacer dans ton cœur? Je l'ai toujour soupçonnée de vouloir prendre ma place. Je ne l'aime pas beaucoup, cette pimbêche-là!

T'intéresses-tu toujours autant aux garçons? Moi, je les trouve niaiseux et bébé lala.

Tu salueras tes parents de ma part. Je t'envie un peu d'être leur fille.

Sara, xxx

P.S. : Montréal, ce n'est pas le bout du monde. J'espère toujours te voir traverser le fleuve!

Je plie la lettre, la glisse dans son enveloppe et la planque au hasard entre deux livres de ma bibliothèque. Steph ne mérite même pas de la recevoir.

Dehors, Serge Viens s'amuse à lancer son ballon dans le panier. Ça m'énerve. Pourtant j'aime ça, le basket-ball.

Le téléphone sonne enfin! C'est sûrement Steph! La télépathie, ça existe, non!

Je décroche, confiante. Ma mère a déjà répondu. Déçue, je raccroche. Pas de Stéphanie au bout du fil, mais Liette Viens, la mère des trois moineaux d'à côté. Maman, qui n'a pourtant jamais été portée sur le voisinage, aura sa meilleure amie avant moi, si ça continue!

— Minou chéri, Liette demande si tu pourrais apporter les notes de cours de maths à Frédéric, demain. Je lui ai dit que tu passerais après l'école.

— Syntaxe! C'est à toi qu'elle l'a demandé ou à moi?

— Si toi tu étais malade, tu n'apprécierais pas qu'on te rende service?

— Oui, mais c'est pas aux Viens que je le demanderais!

— Franchement, Sara, des fois tu me décourages!

— Toi aussi!

Il aurait pas pu être dans une autre classe, Carotte poilue!

Chapitre 5

J'ai lambiné autant que j'ai pu après le dernier cours : demandé inutilement des explications à la prof de géo, erré dans les corridors à la recherche de rien du tout et failli m'égarer volontairement en me rendant à destination.

Je n'ai encore jamais mis les pieds chez les Viens. Ça ne manquait pas à ma culture non plus!

J'ai l'air de quoi en ce moment, à poireauter sur leur balcon avec mon sac à dos et mon hésitation chronique? Je n'ai pas envie de franchir le seuil.

Je suis cuite! Je n'ai même pas sonné que la porte s'ouvre.

Jean-Patapouf, le gros petit dernier de la descendance, m'accueille du haut de ses quatre ans et quart.

Sûr de lui, il me lance :

— Serge, il a dit qu'on ne te mangerait pas !

— Bonjour, Sara ! C'est gentil d'être venue, me dit Liette Viens en refermant la porte.

— C'est vrai, hein, maman ! On ne fera pas comme l'ogre de mon livre ! On ne va pas la manger, la fille d'à côté ?

— Non, Jean-Sébastien, nous ne la mangerons pas, répond-elle à l'enfant traumatisé par le conte de fées. Si ça peut te rassurer, ce soir nous mangeons des hamburgers steaks, ajoute-t-elle en me souriant.

— Pourquoi c'est pas des vrais hamburgers ? réplique-t-il, l'air vachement déçu.

— Je vais t'expliquer, mais, avant, que dirais-tu si nous nous occupions de notre invitée ?

— Non ! Je veux le savoir tout de suite ! ajoute-t-il en se croisant les bras.

Liette Viens me fait signe de la suivre. Soulagée de savoir que je ne finirai pas en rôti, parmi la purée et le brocoli, je me laisse guider.

— Frédéric t'attend dans sa chambre, me dit-elle. Il est très inquiet d'avoir raté ses cours de maths. C'est ici, fait-elle en s'arrêtant devant une porte entrouverte. Je vous laisse, Jean-Sébastien et moi avons des boulettes à préparer!

Elle ajoute à l'intention de Carotte poilue :

— Frédéric, ta gentille professeure privée est arrivée.

— Allô! me dit-il de sa voix faible et enrouée en m'apercevant.

Il a les yeux cernés, le nez rouge, le teint livide et il renifle constamment. Je veux bien faire des maths avec lui, mais je ne tiens pas à attraper son microbe. Je garde mes distances.

Nous sommes dans la même classe depuis plusieurs semaines déjà et c'est la première fois que nous nous adressons plus d'une parole.

Il est plutôt gentil. En tout cas, beaucoup moins chiant que son frère aîné. Ce n'est pas difficile!

Il n'est pas aussi bouché en maths qu'il le prétend. Je lui demande pourquoi il panique à cause de l'examen d'après-demain.

— Comme prof, Sara, tu est dix fois plus douée que Pierre Laframboise. Un vrai têteux, celui-là!

C'est fou ce que les compliments ont comme effet sur moi. Je rougis comme une feuille en automne. En espérant la neige pour me cacher dessous!

— Je l'aime bien, moi, ce prof!

— Pas moi! Il faudrait toujours avoir compris avant qu'il commence à expliquer! dit-il en s'étouffant.

À force de tousser, il a le visage qui se colore à vue d'œil, son teint passant du blême au bleu. Pas très rassurant!

— Tu es sûr que ça va?

— Il paraît qu'on n'en meurt pas. ma mère médecin l'a dit! fait-il en se levant de sa chaise. Tu m'excuses une minute, je vais aller prendre du sirop.

Comme il s'apprête à quitter la pièce, Serge apparaît dans l'embrasure de la porte, une feuille de dessin en mains.

— J'ai fini mon chef-d'œuvre!

dit-il à Frédéric, étouffé de plus belle. Allô, Sara! ajoute-t-il.

Frédéric a disparu. Serge pénètre dans la chambre. À petits pas. Je plonge ma tête dans le cahier d'exercices de Frédéric et j'efface une réponse au hasard.

Je refais le calcul. Enfin, j'essaie de me concentrer sur les chiffres. Je ne vois qu'un polo vert pomme! Et des yeux vert pomme!

— Les maths, c'est l'enfer de Frédéric, me dit Serge en se rapprochant.

Ça me démange de répliquer: «Serge Viens, c'est l'enfer de Sara Lemieux!»

Je me tais. Il serait trop content de me voir dépenser ma salive pour lui!

Je trouve que Frédéric met bien du temps à avaler sa cuillerée de sirop.

Serge s'assoit sur le lit de son frère en déposant sa feuille à côté de lui:

— Est-ce que tu aimes?
— Les maths?
— Non, mon dessin.

Je lève les yeux et surprends son regard. Il me sourit de toutes ses dents et plisse le nez en attendant ma réponse. Je ne peux pas voir son dessin d'où je suis. Et je n'ai pas envie de me lever pour aller voir!

À l'instant même, Frédéric nous rejoint et s'exclame, en apercevant le soi-disant chef-d'œuvre :

— WOW! C'est super, Serge! Super-Extra-Génial!

Piqué par la curiosité, je m'avance pour admirer à mon tour. WOW! C'est effectivement Super-Extra-Génial!, comme dit Frédéric. Enfin, pour un sportif, disons qu'alias Vert-Pomme ne dessine pas trop mal.

— Serge participe au concours organisé par les producteurs de lait! ajoute Frédéric, enthousiaste.

— J'ai vu les affiches à l'école : LA SOIF DE VIVRE. Pas évident comme thème! dis-je en évitant de regarder Serge.

— Elle est vraiment extra, ta peinture, mais j'entends les maths qui m'appellent! dit Frédéric.

Feignant le découragement le plus total, il se prend la tête à deux mains en retournant à sa table de travail.

J'ai devant les yeux une aquarelle étrange. Curieux paysage à la fois cruel et doux : à mi-chemin entre le soleil et un gros nuage noir, un garçon et une fille, main dans la main, sur un arc-en-ciel. L'astre émet des rayons blanchâtres effleurant à peine le couple. En bas, la terre, minuscule et écrabouillée dans la paume d'une énorme main ensanglantée. Je ressens un malaise à la vue de cette fine pluie de sang. On dirait du sang réel et frais. À l'extrême droite, en haut, il est écrit : LA LUMIÈRE BLANCHE.

Intriguée, je demande à Serge :

— Pourquoi ce titre?

— Je ne pourrais pas l'expliquer avec des mots... Je... Je sentais que ça devait s'appeler comme ça, répond-il, l'air un peu gêné.

— SOIF DE VIVRE, LAIT, LUMIÈRE BLANCHE, c'est pas fou, après tout! Et qu'est-ce qu'ils font, perchés entre ciel et terre, ces deux-là?

— Ils dansent. Et ils s'aiment.

À présent, c'est sur moi que fonce la gêne. Et elle me rentre dedans à pleine vitesse!

Un silence de mort plane soudainement dans la pièce. Je le trouve insupportable. Mal à l'aise, j'ai l'impression de tourner en rond dans ma tête, sans pouvoir en sortir. Au secours!

— Et toi, as-tu l'intention de participer au concours? me demande-t-il.

Sauvée par la question, je réponds très très sérieusement :

— Tu sais, je dessinais pas mal quand j'allais à la garderie! J'en ai beaucoup perdu depuis le temps!

Nous éclatons de rire. Je suis de nouveau troublée par son regard, mais je me ressaisis :

— Elle est vraiment belle, ton aquarelle. Je te souhaite de gagner!

— Tu es gentille, me dit-il de sa voix vert pomme, en plongeant ses yeux vert pomme dans les miens...

Une voix vert pomme? Je charrie un peu, non?

— ... quand tu ne sors pas tes griffes!

— Quoi? je demande en revenant sur terre.

— Tu es gentille quand tu ne sors

pas tes griffes!

Le salaud! Non, mais pour qui il se prend? Pour un autre, c'est sûr! Il m'énerve! Il m'énerve! IL M'ÉNERVE!

— Serge? Greta te demande au téléphone, dit Liette Viens en frappant discrètement sur la porte ouverte.

Tiens! Tiens! La belle Greta Labelle! Qu'il aille donc la rejoindre sur son arc-en-ciel de... merde! Qu'est-ce que ça peut bien me faire? Après tout, je suis ici pour expliquer des maths à Frédéric!

Frédéric! Un peu plus et je l'oubliais, celui-là!

Je rejoins mon coéquipier, heureuse de tourner le dos au grand fendant!

— Travaillez bien! dit-il en amorçant sa sortie.

— C'est ça! je réponds, indifférente.

En moi-même, je pense : «Bon débarras!»

— Dis donc, qu'est-ce qu'il t'a fait, mon frère? me demande Frédéric, mine de rien.

Si je m'attendais à ça! Je... Je n'ai...

— Rien! Tu parles d'une question!

— Ah bon! J'aurais juré qu'il t'avait fait un coup de cochon... C'est pourtant pas son genre!

— On le finit, ce numéro treize, oui ou non? dis-je sèchement.

— Les nerfs, Sara. Y a pas le feu!

— Y a peut-être pas le feu, mais moi je n'ai pas que ça à faire! J'ai mon piano à pratiquer!

Je m'en veux de lui avoir parlé sur ce ton. Je voudrais m'excuser, mais je ne réussis pas à marcher sur mon orgueil.

Chapitre 6

Si je ne suis pas allée aux toilettes quinze fois depuis une heure, je n'y suis pas allée une fois!

Quelle idée, aussi, d'avoir accepté de participer à cette fichue soirée de fin d'année!

Je me fais avoir à tout coup! Une vraie poissonne! J'ai encore mordu à l'hameçon de mon gentil-papa-tellement-content-de-voir-sa-fille-chérie se donner en spectacle! Qu'est-ce qu'on ferait pas, des fois, pour faire plaisir à son père!

De mon côté, plus ça va, moins ça va entre Mozart et moi.

— T'inquiète pas! murmure Mandoline en me tapant amicalement sur l'épaule.

Elle est bien placée pour dire ça, elle! Deux-trois déhanchements dans une chorégraphie de danse créative, et le tour est joué! Et elle n'a plus à se faire suer : elle a déjà eu sa part d'applaudissements!

C'est tout de même gentil de m'encourager. Je suis sur le gros nerf. J'ai la trouille. Non, pas la trouille : la chienne!

— C'est à ton tour, Sara!

Affronter le grand trou noir rempli de parents qui feront poliment semblant de ne pas s'emmerder.

— Merde! me crie Mandoline en croisant les doigts.

J'ai encore envie de pipi! Pas le temps!

Je me jette dans la gueule du loup. Dans la fosse aux lions. Sur le piano sans queue.

J'entame le concerto. En implorant Mozart de m'aider pour que je ne fasse pas une folle de moi.

Et ça marche!

▲ ▲ ▲

Je n'ai pas perdu pied. Ni connaissance. Mais je me jure qu'entre Mozart et moi, c'est terminé! Que le cœur de mon père vole en éclats comme une assiette qu'on lance sur un mur, tant pis! Je ne suis pas responsable de sa santé mentale!

Greta Labelle, la belle coanimatrice nordique à la voix chaude comme les tropiques, annonce au micro :

— Après Mozart, Tit-Pite et Tite-Pitoune, un duo d'humoristes bien de chez nous!

Je cours aux toilettes et retourne en coulisses, sur des jambes molles-molles-molles comme de la guenille.

— Sara! Sara!

Je fais volte-face. Ah non! Pas lui!

— C'était super-extra-tout-ce-que-tu-voudras! me dit Serge Viens en m'apostrophant.

Il tient mon bras. Je fige. Je recule. Il me lâche. Je le remercie en cherchant Mandoline Tétrault du regard. Mon cœur bat fort. Je respire fort. Je mets ça sur le dos du concerto. Je repère enfin ma copine derrière le rideau. Je m'empresse de la rejoindre.

La salle au grand complet se tord de rire. Les coulisses aussi. Tite-Pitoune imite Mme la directrice en débitant un sermon assommant et parfaitement débile à Tit-Pite le *drop out*, oh pardon, le décrocheur, qui se fout carrément de sa gueule, au grand plaisir de l'assistance : parents et rejetons, ne l'oublions pas !

La directrice doit rire au moins jaune pâle. Pour une fois que c'est elle qui mange le plat devant tout le monde !

Tit-Pite et Tite-Pitoune ont droit à l'ovation debout. Le public en redemande. Le duo adulé gagne les coulisses. Retourne saluer la rimbambelle de parents bruyants. Les larmes montent aux yeux de Tite-Pitoune. Nous sommes tous émus pour elle. Dire qu'elle est discrète et gênée comme deux, au naturel !

Greta Labelle reprend le micro et remercie la paire gagnante :

— Pour terminer, j'ai une dernière surprise pour vous...

Sur ce, Mme la directrice en personne monte sur scène, avec toute la prestance qu'on lui connaît.

Impossible de voir si elle souffre d'avoir été la dinde d'une farce TITE-PITOUNIENNE, c'est-à-dire très très épicée.

— N'ayez crainte, je ne vous retiendrai pas longtemps avec mon sermon, fait-elle en souriant.

Rires dans la salle. Elle se tait. Elle sourit : un sourire coquin qu'on ne lui connaît pas. Puis elle enchaîne :

— Je crois bien être la seule, ici, à ne pas savoir de qui tout le monde riait. Quelqu'un dans cette salle aurait-il la gentillesse de me le dire ?

Bien joué, Mme la directrice ! Elle a droit à sa propre ovation et aux sifflements d'étudiants oubliant, le temps d'un rire, qu'en général elle n'a pas un aussi bon sens de l'humour.

Le rire s'estompe. La directrice n'a pas les yeux pleins d'eau mais pas loin !

Elle fait à présent l'éloge des extra-ordinaires talents dont COLETTE est décidément bourrée.

— Chacun, chacune ayant contribué au succès manifeste de ce spectacle, j'invite maintenant tout ce beau monde à revenir sur la scène.

J'emboîte le pas à Mandoline Tétrault en me faisant toute petite.

Nous avons droit à des applaudissements monstres. Malgré les spots qui nous assaillent de tous bords tous côtés, j'entrevois Serge Viens, debout dans l'allée de droite, le dos appuyé au mur à une quinzaine de rangées de l'estrade.

Il applaudit. En mangeant Greta Labelle des yeux, sûrement : elle est juste à côté de moi.

Je regarde ailleurs. Le bruit cesse. Tout ce beau monde, dont je fais partie, reste planté là ; nous ne savons pas trop si nous devons maintenant quitter la scène ou non.

Quelques étudiants s'apprêtent à retourner en coulisses.

— Attendez, attendez ! ... Même les directrices aiment se réserver un *punch* pour la fin !

Sur ce, elle reprend son air fier, pour ne pas dire hautain, tient son public en haleine, le fait languir, la sadique ! Elle ouvre enfin la bouche : lentement, lentement :

— Avant de clore cette magnifique soirée, j'ai l'immense plaisir de vous annoncer une primeur...

Elle nous fait suer et elle a franchement l'air d'aimer ça!

— Un étudiant de la polyvalente COLETTE verra le fruit de son talent et de ses efforts affiché sur des panneaux publicitaires partout à travers le pays. Il a remporté le premier prix du concours LA SOIF DE VIVRE, organisé par la Fédération des producteurs de lait en collaboration avec le ministère de la Santé, avec son dessin intitulé *La lumière blanche*. Je demande au récipiendaire de bien vouloir monter sur scène, et j'ai nommé... Serge Viens.

Greta Labelle me serre le bras en échappant un petit cri strident. Je la dévisage avec l'air le plus bête que je me connaisse en me poussant d'un pas vers Mandoline.

Il est peut-être fendant, Serge Viens, mais c'est vrai qu'il a du talent.

Il s'amène lentement, l'air à la fois timide et content. Il déambule à travers les applaudissements et le gros paquet de regards braqués sur lui. Il esquisse des sourires et baisse aussitôt la tête. Puis la relève en plissant le nez. Il rejoint la directrice. Elle l'embrasse sur les joues. Il dit tout bas, mais assez fort pour qu'on l'entende, quand même :

— J'en reviens pas!

Puis il répète cette phrase au moins trois fois, en hochant la tête.

C'est fou! Je me sens rouge comme une tomate mûre-mûre-mûre!

La directrice clôt finalement la soirée en nous souhaitant un bel été.

Je m'apprête à féliciter l'heureux gagnant, mais Greta Labelle ne se gêne pas pour me pousser poliment. Non seulement elle se précipite sur Serge, mais elle lui saute carrément au cou. C'est clair comme de l'eau de roche : Petit-Monsieur ne déteste pas! Le pire, c'est qu'ils font un sacré beau couple, ces deux-là!

Ça ne m'intéresse pas de jouer les seconds violons, ni les cinquièmes roues du carrosse, ni les troisièmes roues de la bicyclette, ni les pneus de rechange de la BM!

Je lance discrètement un bravo! en passant devant alias Vert-Pomme et sa Beauté divine, et je fous le camp à toute vitesse.

Chapitre 7

— Sara, viens-tu avec nous au bar laitier ?

Frédéric m'interpelle comme je partais. Il ajoute :

— Après tout, les vacances, ça s'arrose !

À part dire bonjour à Mandoline et saluer les copines, je n'ai qu'une idée en tête : rentrer chez moi. Même si rien ni personne ne m'y attend, sinon ma chambre. Mon abri. Ma cellule : la moins cancéreuse de la maison. Ah ! Que je suis drôle !

Je décline son offre. Spontanément. Mandoline et les autres y vont, le cœur joyeux et léger comme une boule de yogourt glacé.

— Lâcheuse !

— Casseuse de party !

— T'es plate, Lemieux!

Et quoi encore? Ils n'ont pas tort. C'est vrai que je suis plate. Et pas à peu près!

— Viens donc! insiste Mandoline en tirant sur la manche de mon chandail.

— Pas envie!

Elle rejoint les autres en courant. Je marche en sens inverse.

En ce moment, je n'ai pas le cœur léger comme une boule de yogourt glacé mais pesant comme un bloc de béton. Je peux bien avoir de la misère à mettre un pied devant l'autre!

Au moins, aujourd'hui, je n'ai pas vu le grand fendant Vert-Pomme! Ni sa Beauté divine!

▲ ▲ ▲

Syntaxe de merde! Qu'est-ce que j'ai? J'ai beau me parler dans la face devant mon miroir : «Voyons, Lemieux, secoue-toi! Remue-toi! Botte-toi le derrière! Fais une grande fille de toi! Tu est capable!» Rien à faire!

ÇA-NE-MARCHE-PAS!
JE-NE-ME-CROIS-PAS!

Je paralyse. Je n'ai envie de rien faire, de voir personne. J'ai juste envie de disparaître! Sans laisser d'adresse.

Je ne me reconnais plus. Où est la fille tannante, fonceuse et dégourdie qui n'avait peur de rien à part des araignées? Je me sens comme une étrangère dans ma propre maison. Comme si on avait rénové l'intérieur en mon absence et qu'on me demandait maintenant de m'y retrouver!

Merde! Qu'est-ce qu'il a ce gars pour me revirer sens dessus dessous comme mes tiroirs de commode? Si par malheur je croise son regard, je me mets à fondre comme un *popsicle* au soleil! À ce rythme-là, je ne serai plus qu'une toute petite flaque.

Ça me choque de l'admettre, mais le visage de Serge réapparaît à mon esprit à la manière d'un boomerang : j'ai beau l'envoyer promener, il revient tout le temps. Ça me fait suer! Un côté de moi a envie de dire : «Reste!», et l'autre : «Achale-moi pas!»

De toute façon, à côté de Greta Labelle, je ne fais pas le poids. Elle a tout pour elle, ELLE! Et des bonus! Je ne vois pas pourquoi un gars comme lui se donnerait la peine d'aller voir ailleurs quand la déesse de COLETTE lui tourne autour et ne demande pas mieux que de lui mettre le grappin dessus!

Je ne suis pas une Vénus, moi! Ordinaire, quoi!

C'est bizarre, avant aujourd'hui, je ne m'étais jamais arrêtée à ÇA, la beauté. Il y a bien assez de ma mère qui en a fait sa profession! Son obsession aussi! Un million de petits pots de crème : pour chaque heure du jour et de la nuit, pour chaque petit recoin de la peau. Je vous garantis qu'elle en met du temps à composer le visage de ses rêves, à mettre en évidence ses beaux grands yeux pers. Évidemment, il a fallu que j'hérite des yeux de mon père : petits, marron, tout ce qu'il y a de plus banals!

Moi, je n'ai rien à cacher. Rien à montrer non plus!

Greta, ELLE, n'a pas le moindre millimètre à rehausser : la nature s'en est chargée. Et elle n'a pas été chiche!

Si Stéphanie m'entendait penser, elle en tomberait de sa chaise! Elle me dirait : «Tiens, tiens! Est-ce que les gars seraient tout à coup moins gaga et moins bébé lala? *Welcome to the club, miss Lemieux!*»

Aussi bien ne rien lui raconter. Elle tournerait ça en blague et ça risquerait de tourner au vinaigre : déjà que ça ne tourne pas rond chez moi!

Ce serait plus facile de parler à Mandoline. Je la trouve vraiment sympa, cette fille. Elle, c'est une vraie spécialiste des histoires de cœur, son sport préféré, comme elle dit. Je ne sais pas comment elle fait. Moi, j'aurais bien du mal à la suivre dans ses marathons. Je serais plutôt du genre à figer sur la ligne de départ! Je suis par contre beaucoup plus dégourdie qu'elle... en maths.

Pour le moment, la seule chose qu'il me reste à faire, c'est de balayer une fois pour toutes le grand fendant de mes pensées. Il n'a pas d'affaire-là, c'est clair!

Ce n'est pas parce que Greta Labelle le trouve de son goût que je suis obligée de faire pareil!

Je suis tout de même un peu tarte de ne pas être allée me bourrer la fraise avec les autres, au lieu de me ronger les sangs! Et les ongles.

▲ ▲ ▲

Les mères sont parfois nos meilleures ennemies!

J'aurais dû me douter qu'il fallait se méfier de Liette Viens!

Sourire fendu jusqu'aux yeux (de quoi lui faire pousser deux rides de plus), maman vient de m'annoncer que nous n'irons pas, comme prévu, passer ses deux premières semaines de vacances à notre chalet de l'Annonciation.

Notre chère voisine nous invite à partager la villa qu'elle loue chaque été, au bord de la mer, à Wells.

Solange Lavigueur-Lemieux, que j'ai le malheur d'avoir pour mère... a dit oui, comme de raison! Et elle est toute surprise que je ne trouve pas ça SUPER-ULTRA-CHOUETTE-ET-ABSOLUMENT-MERVEILLEUX!

Nous partons pour les USA, mères et «flos». Je n'ai pas mon mot à dire! Et il est absolument hors de question que je reste seule à Montréal pendant que mon père travaille!

On sait bien : je suis en âge de garder des bébés le soir, mais pas de me garder le jour!

Qu'est-ce que je vais faire, moi, à Wells, dans la même maison que le grand fendant?

Chapitre 8

ÉCOLE RABEAU

Il n'y avait pas assez d'une Greta
Labelle à Montréal, il fallait une
Milène Joli à Wells.

— Allô, Serge!

Je déteste cette fille, ses grands
yeux violets avec des étoiles au fond
et son sourire de publicité de denti-
frice à l'épreuve du tartre!

Dès que je l'ai vue, je l'ai haïe.
Et cette manie qu'elle a de se trémousser devant Serge comme si elle
avait toujours envie; ça me rend
malade!

— Il n'y a pas de toilette, chez
vous? je lance en la dévisageant.

— Bien sûr que oui, pourquoi tu
me demandes ça? dit-elle avec son
accent de fausse Française.

Voyez-vous, Mlle Joli est membre

87

de L'ACADÉMIE DU BON PARLER DE LAVAL !

Non, mais va-t-elle cesser de se dandiner ? elle m'énerve !

Je réponds en m'éloignant : «Laisse tomber !»

— Tu ne viens pas te baigner avec nous ? me crie Serge.

— Je préfère lire, dis-je en exhibant mon gros bouquin.

Je m'empresse de rejoindre ma mère sous le parasol. Depuis trois jours, je l'imite. Ma tête coiffée du chapeau de paille acheté à Perkins Cove, je m'enduis abondamment de crème BELLE numéro 22, essuie minutieusement mes mains sur la culotte de mon maillot et chausse ses gros verres fumés noirs UV. J'ai dû perdre les miens pendant l'excursion en bateau, hier après-midi. Ou dans une boutique.

Absolument captivée par *Les Filles de Caleb*, d'Arlette Cousture, ma mère ne s'aperçoit même pas de mon arrivée. J'essaie de me passionner pour *Les Quatre Filles du Dr March* de Louisa May Alcott, mais mon regard galope.

À part moi, tout le monde ici nage en plein bonheur. Au bord de l'eau, Liette cuisine des pâtés chinois en sable avec Jean-Patapouf. Sur la terrasse, Frédéric poursuit son initiation à Donjon et Dragons avec ses amis américains. Quant à Serge et à Mielleuse Joli, ils s'éclaboussent en affrontant les vagues et rigolent à tue-tête. J'ai beau me tenir à distance, leurs éclats de rire m'emplissent les oreilles.

Rien que d'entendre la petite voix stridente de Misère Joli, je rage. Mes os tremblent, on dirait, comme si un vent intérieur les secouait fougueusement. Si l'ouragan persiste, ils vont casser comme des branches d'arbre. Aussi bien lire! Syntaxe! J'ai de la misère à me concentrer! Ça doit faire dix fois que je relis le même paragraphe!

Je déteste Wells et cette grande villa face à la mer! Je déteste ces vacances! Pourquoi a-t-il fallu que maman devienne l'amie de la mère du grand fendant? Je déteste Liette Viens! C'est à cause d'elle si nous ne sommes pas allées au chalet, comme prévu. Au moins papa nous aurait rendu visite pendant les week-ends!

Je suis la cinquième fille du Dr March, pour ne pas dire la cinquième roue du carrosse. Je m'ennuie de mon père; il ne m'a même pas consacré une minute de son temps pour me faire savoir que c'était réciproque. Même débordé par la guerre de Sécession, papa March n'oublie pas sa famille pour autant! Dans la lettre qu'il a envoyée à sa femme, il s'est tout de même donné la peine d'écrire à propos de ses filles chéries : *« Je suis sûr qu'elles n'ont pas oublié ce que je leur ai dit, qu'elles... lutteront courageusement contre leurs ennemis intérieurs et sauront si bien se dominer qu'à mon retour je serai plus fier que jamais de mes vraies petites femmes et les aimerai encore plus fort qu'avant. »*

Ouais! Au rythme où vont les choses ici, mon père n'aura aucune raison de m'aimer encore plus fort qu'avant. Je ne sais pas comment m'y prendre, moi, pour bien me dominer. Et mon ennemie n'est pas du tout intérieure. Elle s'appelle Milène-de-

Porcelaine-Joli. Si je décidais de lutter contre elle, ce serait avec mes deux poings : je les lui mettrais volontiers sur les « i » !

▲ ▲ ▲

Pendant le souper, je ne dis pas un mot. Je picore ma salade César, touche à peine à mes côtelettes de porc, carbonisées comme je les aime, et lève le nez sur le dessert : un éclair au chocolat pourtant. Les sourcils de ma mère se lèvent bien haut. Vu les mille et une précautions dont j'ai abusé, impensable que j'aie attrapé une insolation.

J'ai juste envie d'aller marcher sur la plage pour ruminer ma peine en paix.

Enfin seule et tranquille, j'enlève mes sandales et les lance au pied de l'escalier. J'aime bien la plage à cette heure-ci : ni déserte ni bondée. Le chant des vagues m'apaise un peu. Je m'approche de la mer. Mon regard s'envole et va se poser sur le long trait tiré à l'horizon. Je me surprends à dire tout haut : « Et s'il n'y avait rien de l'autre côté ? »

— Youhou! Sara, attends-moi!

Merde! Qu'est-ce qu'il me veut, celui-là? Je ne me retourne pas. Serge me rejoint et m'agrippe l'épaule. Je lui crie d'ôter ses sales pattes de là!

— Sara, qu'est-ce que tu as?

— Rien!

— Alors pourquoi tu boudes depuis trois jours? me demande-t-il en se plantant devant moi.

— C'est pas du boudin, je veux la paix!

— Excuse-moi! Je ne voulais pas te déranger, ajoute-t-il doucement.

J'ai l'esprit en bouillie. Pour rien au monde je ne voudrais me contredire ni que Serge croie ce que j'ai dit. Une bouffée de chaleur me monte à la tête. Je suis furieuse et ne comprends pas très bien ce qui se passe en moi. Serge s'éloigne. Il y a une de ces boules qui roule dans ma gorge... une grosse boule... je ne sais plus si j'ai mal ou si j'ai peur, si j'ai envie de serrer les poings et de frapper un bon coup ou de m'écrouler et de pleurer... un bon coup. Je ne sais plus si je veux que Serge revienne ou...

— Pourquoi on s'assoit pas? dit-il en revenant sur ses pas.

Sans attendre ma réponse, il me tire par la main. J'ai les joues en feu.

— Sara, j'ai un conseil à te demander, poursuit-il.

Et vlan! Il m'annonce tout bonnement qu'il est amoureux par-dessus la tête. Le problème? Il ne sait pas comment le déclarer à la fille. Il dit qu'il se trouve nono. Je dis, non, non, tu l'es pas.

— Je l'aime depuis la première seconde où je l'ai rencontrée.

Elle a les plus beaux yeux du monde, on sait bien!

— Qu'est-ce que tu ferais, toi, si tu étais à ma place?

Je lui bousillerais ses petites dents bien droites et son allure de ballerine de coffret à bijoux à deux sous!

Je ferme les yeux, détourne la tête, fais semblant de chercher une solution. Après tout, je suis l'amie!

Je me dis : je n'ai pas à me mettre dans tous mes états pour un gars qui n'en vaut pas la peine. J'ai de la peine quand même, mais je la ravale. Cul sec.

Je fais une grande fille de moi et réponds sur un ton complètement détaché :

— C'est facile, Serge! Tu lui balances ta déclaration à la figure! Si elle t'aime, elle te tombe dans les bras! C'est toujours comme ça dans les films!

Serge se lève et fait quelques pas. Qu'est-ce qu'il attend pour aller la retrouver, sa vilaine Joli?

— Je t'aime!

En plus, il a le culot de pratiquer en ma présence! Le salaud! Il part en courant sans se retourner. Je me lance à ses trousses, pieds nus dans le sable beige.

À bout de souffle, je hurle :

— Tu es donc bien sauvage, Serge Viens! T'aurais pu au moins dire salut!

Il s'arrête net. Un peu plus et je lui fonçais dessus.

— J'ai dit je t'aime, Sara Lemieux!

Je me sens comme de la guenille. Molle-molle-molle. Les paroles collent à mon palais comme de la vieille gomme.

— Non... tu... tu n'as pas dit Sara.

Ça se passe comme au cinéma. Je m'approche de lui au ralenti. J'arrête de lutter contre je ne sais plus quoi. Je lève les yeux. Mon regard plonge dans le sien. Saut périlleux. Il me tombe dans les bras. Me serre fort. Très très fort. Des frissons courent partout dans mon dos et je les laisse courir.

— Les journées sont plates quand t'es pas là, me dit-il en rougissant comme le soleil qui se couche.

J'ai du mal à suivre ma propre histoire et ça n'a aucune espèce d'importance.

Nos lèvres s'effleurent. Doucement, doucement. Nos nez se frottent l'un contre l'autre. Nous respirons bruyamment. Nos souffles se répondent. J'ouvre les yeux. Serge me sourit. Il est beau.

— T'es belle, Sara! Je suis bien dans tes bras. Tellement bien. Je ne veux plus qu'on se quitte. Jamais!

— Moi aussi je suis bien...

Le soir tombe. Serge m'embrasse aux commissures des lèvres. Nos langues se frôlent. S'entrelacent. Je voudrais me perdre dans sa bouche.

C'est bon de le sentir si près de moi. Sa langue glisse dans le creux de mon oreille. Je ris, ça chatouille. La gêne fout le camp.

— Je te jure que tu m'en as fait baver! murmure-t-il en caressant ma nuque.

— Et toi, qu'est-ce que tu crois! je réplique en lui mordillant le nez.

Silence. Nous nous dévorons des yeux en nous allongeant sur la plage. Une belle histoire, des vagues, du sable et beaucoup d'étoiles dans le ciel américain.

J'oublie tout : Greta, Milène, ma peine! Et j'accepte : Serge et moi, on s'aime, et c'est pas du cinéma.

Chapitre 9

La villa est plongée dans la noirceur. Nous ouvrons la porte-fenêtre de la véranda en prenant bien soin de ne pas faire de bruit.

— Un peu plus et ta mère mettait la police à vos trousses, me dit Liette.

Nous sursautons au son de sa voix. Étendue sur le canapé, elle se redresse pour allumer la lampe.

Elle a une de ces façons de nous regarder : ma foi, on dirait qu'elle a deviné pour Serge et moi.

— Alors, cette balade au clair de lune, c'était bien ? ajoute-t-elle en souriant.

— Génial ! lui répond Serge en me lançant un regard qui me fait fondre sur place.

Évidemment inquiète, ma mère

bondit dans la véranda, la tête enrubannée d'une serviette, son regard de mère poule affolée, et la bouche pleine de reproches :

— Sara, tu sais l'heure qu'il est?

Non, mais j'imagine qu'elle va me le dire.

Je réponds bêtement en fixant du regard son turban de ratine : «L'heure de prendre ta douche?»

— Tu te trouves drôle? réplique-t-elle s'apprêtant à sortir de ses gonds.

Je la devance.

— Merde, arrête de me couver, je ne suis pas un œuf! Même pas un poussin, si tu veux savoir! Et ta morale, j'en ai rien à foutre! Si ça te démange trop, fais-toi faire un autre bébé! Moi, je commence à en avoir ras le bol de tes recommandations, de tes conseils et de tes discours à n'en plus finir! Sans compter tes critiques et tes éternels reproches!

J'ai débité ma tirade en un souffle. Ma mère reste bouche bée. Je m'attends à voir sa colère déferler sur moi comme un typhon. Rien. Elle ne dit pas un mot. Serge et Liette ont disparu.

Je voudrais bien être plus gentille avec maman, mais je n'y arrive pas. C'est fou comme elle a le don de me mettre les nerfs en boule!

— Je vais me coucher, on en reparlera demain, me dit-elle sans aucune expression dans la voix.

— Aujourd'hui, tu veux dire!

Retourner le couteau dans la plaie a été plus fort que moi.

Je m'en veux un peu. Je baisse le ton, mais pas trop quand même, et lui dis :

— Tu sais, ce soir je vis un grand bonheur. J'ai pas envie de me le faire bousiller!

— Bonne nuit, Sara!

Ma mère quitte la véranda. Je reste seule avec le silence qui emplit toute la maison et laisse les souvenirs de la nuit envahir mon esprit : le goût du premier baiser, les caresses, les frissons, le sourire de Serge. Son regard, son beau regard vert tendre dans lequel il fait bon se perdre.

Serge. Mon amour.

Il est ici, dans la maison. Est-il couché? M'a-t-il attendue?

Je fais le tour de la villa. Tout le monde semble dormir déjà. Je me dirige vers la porte-fenêtre donnant sur la plage. Je colle mon visage à la vitre. Soudain, je pense à Milène Joli. Qu'elle ose encore une fois se dandiner devant Serge et elle aura affaire à moi, la simili-Française!

La fatigue finit par avoir raison de moi. Je suis un peu déçue que Serge soit allé se coucher sans me souhaiter bonne nuit. Très déçue même. Enfin! Je gagne la chambre que je partage avec ma mère, me déshabille et me glisse sous les couvertures de mon lit étroit, sans faire de bruit. Je sens quelque chose de rêche sous mon dos : une feuille pliée, entre les draps. Dans la noirceur, je ne peux pas lire.

Je me relève et cours à la véranda. Pendant que je déplie la feuille, mon cœur bat à tout rompre. Je prends une grande respiration avant de lire. Je prends mon temps. Je veux que chaque mot se fraye un chemin jusqu'à mon cœur. Chaque mot :

Ma belle tigresse,

*Je ne voulais pas te déranger
en pleine colère.*

> *Je t'aime.*
> *Je t'aime.*
> *Je t'aime.*
> *Je t'aime.*
> *Je t'aime.*
> *Je t'aime.*

Serge
xxxxxx

P.S. : Même fâchée, tu es très belle!

Six fois. J'embrasse six fois sa lettre et je retourne dans mon lit.

Je souris en repensant à papa lorsqu'il me suggérait de compter les moutons, les grenouilles ou les étoiles avant de m'endormir.

Cette nuit, je compterai les JE T'AIME.

▲ ▲ ▲

— Tourne un tout petit peu la tête vers moi.

Les fesses dans le sable, la tête dans les nuages, je pose pour Serge.

Nos mères insistent pour que nous avalions au moins un petit quelque chose. Elles sont fatigantes. Elles font semblant de ne pas nous surveiller. Je suis gênée quand elles nous regardent.

Je n'ai pas faim. Serge non plus.

Tout à l'heure, Frédéric a fait le message à Serge que Milène était passée ce matin. Aux aguets, j'ai épié sa réaction. Il en a eu si peu que j'ai vite été rassurée.

C'est moi qu'il voit. Moi qu'il aime.

— Sara, arrête de bouger.

Décidément, je ne suis pas un très bon modèle. Serge s'applique à faire mon portrait. Avec amour, qu'il dit. Je l'inspire. Il n'a qu'à tenir le crayon, sa main dessine toute seule. Moi, j'ai la bougeotte.

— Je commence à avoir mal au cou!

— Il fallait le dire, fait-il en déposant son bloc de papier à dessin à l'abri du vent, entre les deux plus gros rochers.

Il s'approche de moi. Embrasse ma nuque avec énormément de tendresse. Je penche la tête doucement vers l'arrière pour caresser son front avec mes cheveux. Je suis émue. J'ai envie de pleurer tellement je suis bien.

Je me tourne vers lui. Il a l'air aussi ému que moi. Ma main se pose sur son visage. Elle dessine toute seule un petit bonheur sur sa joue. Nos lèvres se soudent, nos langues se touchent...

— Quelqu'un tousse. Je lève les yeux.

— Heu... Salut...

Tiens, Milène Joli. Visiblement mal à l'aise, elle regarde à côté de nous, au-dessus de nous ou par terre. Sans se trémousser!

Je ne veux pas être méchante, mais ça me fait presque plaisir de la voir aussi déconfite.

— Je voulais juste savoir si vous veniez jouer au ballon volant.

— Ça te le dit, toi? me demande Serge.

— Pas vraiment! Et toi?

— Pas du tout, en fait!

— La question est réglée!... Bon... Si vous changez d'idée, vous savez où nous trouver! lance Milène en déguerpissant sans même nous saluer.

— Tu es certain de ne pas avoir envie d'y aller? je demande à Serge.

— Qu'est-ce que tu crois? Ce n'est pas un sacrifice de rester seul avec toi, Sara! ajoute-t-il en embrassant mes doigts.

— Moi qui pensais que les sportifs comme toi avaient un ballon à la place du cœur!

— Tu a osé penser ça de moi, espèce de... d'intello! réplique-t-il en m'attirant à lui.

À cet instant précis, cette réflexion me vient à l'esprit: «Je suis amoureuse d'un gars merveilleux. Notre histoire n'a rien à voir avec les marathons de ma copine Mandoline. C'est une vraie histoire d'amour. C'est la nôtre et elle est belle!»

— À quoi tu penses? me demande Serge.

— À nous deux.

— Toi et moi, ce n'est pas de la camelote, hein?

— C'est justement ce que je me disais.

Nous nous serrons très fort. Si fort que nous pourrions entendre craquer nos os.

— À la vie, à la mort! murmure Serge dans le creux de mon oreille.

Je pourrais passer ma vie à embrasser ce garçon, sans jamais jamais m'en lasser.

À mon tour, je chuchote :

— Qu'est-il arrivé à nos parents pour qu'ils aient oublié comme c'est bon l'amour?

— C'est bien connu : les adultes ne comprennent jamais rien à rien, répond-il en mordillant mes lèvres.

— Je t'aime, Serge Viens!

— Je t'aime, Sara Lemieux!

J'ai douze ans, toutes mes dents, et... j'aime!

Chapitre 10

Quand je regarde la portrait que Serge a fait de moi, à Wells, j'ai du mal à croire que je suis aussi belle. Je trouve l'image que me renvoie le miroir beaucoup plus moche.

Ah, ces vacances! Ce sont vraiment les plus belles de ma vie. J'ai laissé une partie de moi là-bas.

— Sara? Téléphone! me crie papa.

Mais pourquoi tout le monde hurle-t-il dans cette baraque?

— Qui est-ce?

— Devine!

Je savais que c'était lui. C'est fou, mon cœur se met à battre vite-vite-vite. Je vais fermer la porte de ma chambre avant de décrocher.

Un, deux, trois... :

— Oui, allô!

— Bonjour, Tigresse. C'est long tout un avant-midi sans te voir, me dit Serge de sa voix enjouée.

— Je me suis ennuyée, moi aussi. Et pas juste un peu.

— C'était mieux quand on habitait ensemble, non?

Un jour, nous aurons une maison juste pour nous deux : sans cri ni chicane...

— Es-tu là, Sara?

— Non, je suis dans l'avenir!

— Et qu'est-ce que tu dirais de revenir à Montréal? Pat Metheny, en plein air, ce soir, au Festival de jazz, ça te tente?

— Pat qui?

— Metheny. C'est le plus grand musicien de jazz de notre époque, me dit-il, enthousiaste.

— Connais pas!

— Tu vas l'aimer!

— D'accord pour Pat Je-Sais-Plus-Qui.

— Pat Metheny! Je passe te prendre à dix-sept heures. Vaut mieux se rendre assez tôt pour avoir des bonnes places.

— Je serai prête!

— À tout à l'heure!

Comment je m'habille? Syntaxe! Je n'ai plus rien à me mettre sur le dos!

▲ ▲ ▲

Je longe le corridor en me répétant de rester calme. Dans le salon, ma mère feuillette un magazine pour femmes d'affaires. Je mets mes gants blancs pour l'aborder :

— M'man... tu me passes ta chemise noire en soie, ce soir? S'il te plaît?

— Pas mon chemisier en soie, quand même!

— Merci, tu es fine! dis-je en lui donnant un gros bec bruyant sur la joue.

D'habitude, ça marche.

— Où vas-tu? me demande-t-elle.

— Au Festival de jazz. Tu me prêtes aussi ton rouge à lèvres Rose-Chinois?

—Ils finissent toujours tard, ces spectacles; tu rentres tout de suite après, d'accord?

— Tu me le passes, oui ou non, ce rouge à lèvres?

— Tu ne peux pas le demander

sur un autre ton? fait-elle en élevant la voix.

— Non! je ne peux pas! je réplique en élevant la voix plus fort qu'elle.

— Dans ce cas...

— C'est ça, fais du chantage si ça te chante! Tu peux les garder pour toi, tes trucs à la con! J'en mourrai pas!

Je bous de colère. Nous ne pouvons pas nous parler plus d'une minute à la fois sans que la guerre éclate.

— Écoute, Sara, tu...

— Bla bla bla...

— Espèce de gripette! mais laisse-moi au moins te...

Je passe devant elle en coup de vent, en prenant bien soin de me boucher les oreilles. Je claque la porte et vais attendre Serge dehors, dans les marches de l'escalier : ma vieille chemise Levi's sur le dos et les lèvres nature!

▲ ▲ ▲

Il y a foule à perte de vue rue Sherbrooke. Syntaxe! La ville de Montréal au grand complet connaissait Pat Metheny excepté moi. Je déteste ça me sentir nouille !

En nous faufilant, nous réussissons à dénicher une bonne place : au centre et assez près de la scène.

On nous marche quasiment dessus, mais je m'en fous : je suis dans les bras de mon amour.

Je l'embrasse. Avec beaucoup de plaisir. Beaucoup d'attention aussi. Je suis si attentive que j'ai l'impression d'être le baiser. Sensation curieuse et troublante.

— Tu embrasses bien, murmure Serge en souriant, les yeux fermés.

Je ne réponds pas. Enfin, pas avec des mots...

▲ ▲ ▲

Les applaudissements, les cris et les sifflements soudains nous font revenir sur terre !

Le fameux guitariste, crinière tout ébouriffée, nous salue, l'air vachement content d'être là.

Les doigts de ma main gauche se posent délicatement sur les doigts de la main droite de Serge.

Nos mains se croisent. J'appuie ma tête sur son épaule.

— *Are you going with me!* dit Serge.

— Quoi?

— C'est le titre de ce qu'il joue.

Nous nous laissons bercer par la musique de Pat Metheny. Elle est belle. Elle va droit au ventre. Elle nous emporte, jusqu'à la fin du spectacle.

▲ ▲ ▲

— Si on faisait un détour par l'île de la Visitation? me demande Serge aux abords de la station de métro.

— Bonne idée! Tu as vu comme le ciel est illuminé ce soir?

— Tes yeux aussi sont illuminés, me répond-il en embrassant doucement mes paupières.

Je frissonne au contact de ses lèvres sur ma peau.

Un vieil itinérant sans itinéraire chancelle à deux pas de nous.

— Moi, c'est Laurent! Pis vous autres?

Il lève sa bouteille à notre intention, en nous scrutant de son regard embué par l'alcool.

J'ai le réflexe de reculer. Serge presse ma main. L'homme se rapproche en ajoutant de sa voix rocailleuse et tremblotante :

— Salut, les amoureux ! Profitez-en, OK ? Dépêchez-vous d'en profiter, bout de bonyenne !

Je frissonne au contact de ses paroles. Je ne sais pas pourquoi, mais elles me font froid dans le dos. J'enfouis ma tête sous le menton de Serge.

Nous laissons le métro engouffrer la foule. Nous ne sommes pas pressés. Nous avons toute la vie devant nous.

Le clochard a disparu.

▲ ▲ ▲

Nous abandonnons la ville derrière nous. Main dans la main, nous traversons le petit pont reliant le parc à l'île. Après un bain de foule, c'est bon de se retrouver en pleine forêt.

— Regarde comme on est bien accueillis ! me dit Serge tout bas.

Un raton laveur passe devant nous, l'air coquin. Nous le saluons et tentons de le suivre.

Il se lasse vite de notre compagnie et se sauve en courant.

Je dis :

— Il veut la paix!

Nous aussi, nous voulons la paix. Et nous avons l'embarras du choix pour trouver un coin tranquille.

Je demande à Serge :

— On va au bord de la rivière?

— Au bout du monde, si tu veux!

Un endroit pour être seuls au monde, seuls au bord de l'eau, mon amour et moi.

Nous nous asseyons face à face. Il fait noir. Il fait bon.

— J'ai une surprise pour toi. Ferme les yeux, s'il te plaît, me dit Serge en me faisant un baisemain courtois.

Il m'intrigue, tout à coup, mon beau chevalier. Je garde les yeux clos. Il cueille ma main gauche et l'embrasse de nouveau. Je l'entends fouiller dans sa poche. Il caresse mon annulaire gauche, passe un anneau à mon doigt et baise ma main une troisième fois.

— À présent, tu peux les ouvrir.

Je regarde le jonc en argent. Je regarde Serge. Les larmes me montent aux yeux.

— Sara, n'oublie jamais que je t'aime. À la vie, à la mort! me dit-il, l'air grave, en appuyant sur chaque mot.

Pendant une seconde, l'expression de son regard m'affole. C'est la deuxième fois qu'il me dit ça : «À la vie, à la mort!» J'ai la chair de poule.

Une larme au bord de son œil. Je m'approche doucement de lui et je la lèche. Il me serre dans ses bras avec une telle intensité! Une telle tendresse! Je m'accroche à lui, incapable de dire quoi que ce soit. Si je parlais, même pour dire merci, je briserais la magie de l'instant.

Je remercie avec mon cœur, en pressant Serge contre moi. Je prends son visage entre mes mains, il prend le mien.

Nous restons là, en silence, à nous regarder. Longtemps, longtemps, longtemps.

Nous nous embrassons du bout des lèvres, du bout de la langue. Du fond du cœur. Jusqu'à faire UN.

Qu'est-ce qui nous arrive? Nous n'y comprenons rien, mais nous pleurons tous les deux.

Nous sommes le baiser que nous nous donnons. Un baiser tout mouillé.

Unique. Devant une rivière et des arbres comme seuls témoins.

▲ ▲ ▲

Je n'ai pas aussitôt mis un pied dans la maison que je me fais engueuler comme du poisson pourri.

Ma mère ressemble à une sorcière de conte de fées tellement elle a les traits tirés et le regard mauvais.

Mais ils sont deux à m'avoir attendue. Deux à vouloir que je redevienne leur petit Minou chéri.

— Là, tu charries! me dit mon père sur un ton sec comme du bois mort, en regardant sa montre.

Je le laisse parler. Lui et sa femme, ils me feront suer jusqu'à la dernière goutte!

D'accord, je n'ai pas l'âge de découcher! Non, je n'ai pas vu l'heure passer! Oui, j'aurais dû penser que mes pauvres parents se morfondaient à en être malades, s'imaginant la pire des catastrophes, me voyant déjà à la une des journaux à sensation parce qu'on aurait retrouvé ma carcasse abandonnée au fond d'un fossé... Oui, je comprends tout ça! Mais syntaxe de merde de...! J'avais autre chose a faire qu'à penser à EUX!

— Heureusement que nous partons pour le chalet demain soir! Deux semaines sans voir ton voisin vont peut-être t'aider à te remettre les idées en place! me lance mon père.

Sa réplique ne me fait pas moins d'effet qu'une douche froide. J'avais complètement oublié que nous partions pour L'Annonciation.

Je ne veux pas y aller! Je ne veux pas! Je ne veux pas! Je ne veux pas! Je vais crever là-bas, toute seule avec ces deux-là!

— Mais dis quelque chose! ordonne ma mère.

Visiblement, elle ne supporte pas mon mutisme. Je n'ai rien à dire.

— Tu es en train de me rendre folle, Sara! crie-t-elle, les baguettes en l'air.

— Et tu penses que c'est à cause de moi si tu l'es?

J'ai craché ma réplique comme du

venin. J'ai reçu sa gifle sans l'avoir vu venir.

Mon père m'empoigne par le bras et me conduit de force là où je ne demandais pas mieux que de me retrouver : dans ma chambre.

— Sincèrement, Sara, tu ne trouves pas que tu ambitionnes?

Je jurerais entendre parler sa femme. Il persiste :

— Pour l'amour, qu'est-ce que tu as dans la tête?

Je ne réponds pas, mais en moi-même je me dis : «Pourquoi tu me demandes pas ce que j'ai dans le cœur, plutôt? De l'amour, si tu veux savoir! Mais tu ne veux pas savoir!»

Il reste sur le seuil quelques secondes, un soupçon de douceur dans le regard. Je bâille à m'en décrocher les mâchoires, en le fixant droit dans les yeux.

Soudain, il ferme la porte de ma chambre avec rudesse en me lançant :

— Réfléchis, ça urge!

Il s'en va. Consoler ma mère peut-être. J'espère qu'elle en profitera au moins!

Que pouvais-je leur dire pour ma légitime défense? Rien du tout! Ils n'auraient pas compris de toute façon! Ils ne savent pas ce que c'est, le grand amour! Eux, leur seule et unique passion, c'est l'engueulade!

Mon père rejoint ma mère en lui disant :

— Je commence à trouver que le fils de ta grande amie a une bien mauvaise influence sur Sara!

Et maman de riposter :

— Si tu étais plus présent, aussi!

— Ah non! Tu ne vas pas recommencer à me chanter la même chanson!

À ce que je sache, c'est une chanson à répondre! Et elle dure depuis toujours!

Je me déshabille en laissant tomber mes vêtements au pied du lit puis me glisse toute nue sous les draps.

J'embrasse mon jonc. Le plus joli jonc en argent qu'une fille ait jamais reçu du gars qu'elle aime.

Et je m'endors. Absolument convaincue d'être la fille la plus heureuse du monde.

Chapitre 11

La guerre est officiellement déclarée. Après avoir éclaté comme deux bombes, la nuit dernière, mes géniteurs me tiennent maintenant en otage.

— Où vas-tu?

Qu'est-ce qu'ils attendent pour me mettre une laisse? Au pied, Sara! Couché! Assis! J'ai dit ASSIS!

— Wouf-wouf!

— Tu peux traduire? demande la générale.

— Oui, ma générale! Vous permettez que j'aille purger ma peine dans ma cellule? Ou préférez-vous vous faire mordre par Pitou méchant? GRRR...

Je suis condamnée à tourner en rond dans la maison, alors que mon amour est parti faire des longueurs à la piscine municipale.

Je pourrais m'évader, envoyer paître mes juges et retrouver Serge. Ce n'est pas l'envie qui manque. Mais je choisis d'accepter leur sentence, histoire de leur laisser le temps de ramollir un peu. Si je n'ai pas droit à la libération conditionnelle, ce soir, il sera toujours temps d'organiser mon évasion. Je ne supporte pas l'idée d'être exilée à L'Annonciation pour quinze longs jours sans revoir mon amour avant de partir. Voilà pourquoi je me contente de grogner après mes parents sans les mordre! Mais syntaxe! que j'aurais le goût! Après tout, ils sont sadiques de m'empêcher de voir Serge aujourd'hui; ils savent très bien que nous serons séparés pendant deux semaines.

J'étouffe ici. Le soleil plombe comme un dément dans ma chambre et je n'ai la tête ni à lire, ni à penser. Je crie à ma mère :

— Garde!

Elle est si occupée aux préparatifs du grand départ qu'elle n'entend rien.

— Garde! Je quitte ma cellule pour le salon!

— Tu es libre de te promener à ta guise, ma grande! La prison est toute à toi!

Oh! Mais elle a de l'esprit, Mme ma mère! Le sens de la repartie, dirait le prof de français.

Après-midi d'été chaud et ensoleillé. Je m'étends sur le divan en espérant me faire consoler par la télé.

Je jette un œil au programme de télévision. Un titre capte mon attention : *Roméo et Juliette*. Je lis le résumé.

«Drame de F. Zeffirelli, d'après l'œuvre de W. Shakespeare: Dans la Vérone de la Renaissance, malgré la haine qui oppose leurs familles, un jeune homme et une jeune fille bravent les préjugés et s'aiment de toute l'ardeur de leur jeunesse.»

Tiens, tiens! J'allume la télé. Le film commence à l'instant.

Juliette danse, gracieuse, rayonnante. Roméo la remarque, se pâme devant elle!

Leurs regards se croisent. J'ai des frissons. Comme quand ça s'est passé pour vrai, entre Serge et moi, à Wells.

Ils n'arrêtent pas de se manger des yeux. S'embrassent, longuement, fougueusement. Apprennent qu'ils sont tombés amoureux de l'ennemi.

Il escalade le mur jusqu'à elle. Risque sa vie pour elle. L'amour est plus fort que tout.

Ils se marient en cachette.

▲ ▲ ▲

— Sara, ça fait deux fois que je te demande si tu viens manger!

— Je réponds : «Ce ne sera pas long!»

Mes yeux roulent dans l'eau. J'avais le cœur en compote, mais là il est complètement en jus. Juliette a bu un poison. Exilé pour avoir tué en duel un cousin de Juliette, Roméo revient trop tard : Juliette est déjà ensevelie. Il ne peut accepter la mort de celle qu'il aime, s'empoisonne, en crève.

Il ne savait pas que Juliette était juste endormie. Le frère Laurent avait préparé une substance destinée à créer l'illusion de sa mort. Roméo n'a pas été prévenu à temps.

Juliette se réveille. Voit Roméo,

mort, à côté d'elle. Ne le supporte pas. Se poignarde, en plein cœur, rejoignant à jamais celui qu'elle aime.

FIN.

Avant d'aller manger, je passe par la salle de bains : me moucher, m'essuyer les yeux.

▲ ▲ ▲

Ma mère a préparé une lasagne malgré les 29 °C, pour me faire plaisir sans doute. Je l'apprécie et le lui dis. Nous la dégustons en silence ou presque. Et en suant sur place. Papa affirme qu'un climatiseur ne serait pas bête, finalement. Moi, je n'ai qu'une idée en tête : voir Serge au plus sacrant. Je répète : c'était vraiment bon, maman.

Elle redit merci.

— Un peu dur sur le système digestif par une chaleur pareille, mais c'est vrai qu'elle n'était pas mal, cette lasagne. Les pâtes, juste à point ! renchérit mon père.

— Il fallait bien que tu trouves le moyen de me dénigrer au moins un petit peu, pas vrai ? réplique la cuisinière, offusquée.

Ils m'emmerdent avec leur histoire de nouilles! Je veux voir Serge. J'ai été suffisamment gentille pour qu'on écourte ma sentence. Ils ne semblent pas l'avoir envisagé. Je commence à avoir la bougeotte sur ma chaise. Je me lève en cherchant la meilleure façon d'aborder la question sans que ça fasse d'éclats. J'ouvre le frigo et cale à peu près la moitié du litre de lait.

— Sara! Tu sais que je déteste quand tu bois à même le carton! Combien de fois devrai-je te le répéter?

Oh, merde! Ce n'est pas le moment de faire des gaffes.

— Excuse-moi, m'man. J'avais la tête ailleurs, dis-je en refermant la porte du réfrigérateur.

— Toc, toc, toc!

Je me retourne : Serge, sur le balcon, plissant le nez. Mon père va lui ouvrir. Il ne rentre pas. Après s'être excusé pour «notre folie de la veille», il demande si Sara a la permission d'aller jouer au basket avec lui. Je me croise les doigts. Mon père réfléchit, consulte maman du regard. Ils finissent par acquiescer tous les deux d'un léger mouvement de la tête.

— Vous êtes chouettes, leur dit Serge avant d'ajouter : Sara, je t'attends dehors.

Ma mère s'apprête à me sermonner au moins un peu (c'est plus fort qu'elle). Je lui coupe l'herbe sous le pied. Je fais les yeux doux et je prends un air franchement reconnaissant. Je mets le paquet :

— Non seulement vous êtes chouettes, vous êtes les meilleurs parents du monde!

Je leur saute au cou, l'un après l'autre, en les embrassant bruyamment. Au fond, je suis bien contente de ne pas avoir à m'évader! Je cours me changer, pour aller pratiquer mes lancers de punition...

▲ ▲ ▲

Je réussis à m'emparer du ballon. Serge se plante devant moi et tente désespérément de me l'arracher. Je feinte, me libère de l'offensive de mon adversaire et dribble en direction du panier. Comme je m'approche du but, Serge est de nouveau devant moi pour m'empêcher d'effectuer mon lancer. Je le déjoue et parviens à viser la cible. Le ballon heurte le panier. Serge le saisit. Je fonce sur lui et réussis à lui faire échapper sa prise. Ballon en mains, je risque un lancer à distance. Je ne suis peut-être pas grande, mais j'ai du visou! Je réussis. Je crie ma satisfaction en courant cueillir le ballon : «Un-Zéro!» Il me glisse des mains. Je tente de le stopper en donnant un léger coup de pied. Raté. Le ballon roule derrière moi... sur le trottoir... dans la rue. Serge me devance pour aller le ramasser. Il s'élance à toute vitesse. Regarde à sa droite pour s'assurer qu'il n'y a pas d'auto en vue. Je n'ai le temps de rien dire. De rien faire. Je crie : «NON!», à m'en briser les cordes vocales. Ce n'est pas possible. C'est une rue à sens unique! Les voitures ne peuvent pas surgir de la gauche. C'est une rue à sens unique! Ce n'est pas vrai! Ça ne se peut pas! Pas lui! Pas Serge! Je n'ai rien pu faire.

Juste crier NON! Trop tard. La voiture a surgi de nulle part. Serge se penchait pour prendre le ballon. L'auto a foncé sur lui. BANG! Le bruit! L'horrible bruit! Mon amour, sous les roues d'un tas de tôle. Écrasé par le tas de tôle dans une rue à sens unique. L'homme descend du tas de tôle. S'agenouille dans la rue. Il voit mon amour baignant dans son sang. Je n'ai plus de langue. Plus de jambes. Je ne sens plus rien. Je vois du sang dans la rue. Je vois Serge couché dans le sang, sous l'auto. Je veux lui crier de se relever. Lui dire qu'il a sa revanche à prendre. Lui dire de se dépêcher. Les sons ne veulent pas sortir de ma bouche. Des voisins sortent de leur maison. Des voisins arrivent sur le trottoir. Le conducteur de la voiture sous laquelle mon amour est couché parle au monsieur d'en face en se frappant le front. Je n'entends pas ce qu'ils disent. Où est ma mère? Où est Liette? Pourquoi ne vient-elle pas dire à son gars de s'ôter de là? Il y a plein de monde autour de moi. Ils parlent, ils parlent, ils parlent, mais je ne comprends rien. J'entends juste un bourdonnement, un épouvantable bourdonnement,

comme si un million d'abeilles ha-
bitaient mes oreilles. Quelqu'un me
saisit par l'épaule. Où sont mes jambes ? Pourquoi je ne les sens plus ?
Une femme dit :

— Mon Dieu, ce n'est pas vrai !

Je connais cette voix. Elle ressemble à celle de Liette Viens. Où est le
ballon ? Donnez-moi le ballon ! Je le
prends et le serre sur mon ventre.

▲ ▲ ▲

Je ne veux pas de lait chaud ! Je ne
veux rien ! Je veux juste que ce soit
un mauvais rêve et me réveiller au
plus vite. Je veux que Serge lance le
ballon dans le panier. Je veux qu'on
achève le match qu'on a commencé.

Je ne veux pas que ce soit vrai
pour vrai ! Je ne veux pas que cette
auto soit arrivée en sens inverse pour
venir happer mon amour. Elle n'avait
pas le droit d'être là. C'est une rue à
sens unique. Il fallait lire le panneau !

— Tu grelottes, Sara ! Viens boire
un peu de lait chaud, répète mon
père. Pourquoi ne rentres-tu pas
dans la maison ? Ne reste pas seule
dans le noir ! Tu veux bien me prêter

le ballon ? Je te promets d'y faire très attention.

— Non !

Les mots décollent enfin de ma gorge. Je peux crier. Et je crie :

— C'est une rue à sens unique ! Elle n'avait pas le droit d'être là, l'auto ! Elle n'avait pas le droit !

Je ne veux pas de lait chaud ! Je ne veux pas rentrer dans la maison. Je veux rester sur le balcon, dans le noir, tant que maman n'aura pas téléphoné pour donner des nouvelles de Serge. Maman est partie avec Liette et Serge, en ambulance. Elle tenait la main de Liette qui pleurait. Des hommes en uniforme sont arrivés sur les lieux sanglants. Ils ont retiré Serge de sous l'auto. Il était maculé de sang. Ne bougeait pas. Ne disait rien. Les policiers demandaient aux curieux de libérer le passage. Serge est parti à l'hôpital, se faire soigner.

Ils sont en train de soigner mon amour, à l'hôpital.

Je ne veux pas que papa prenne le ballon. C'est moi qui dois le garder en attendant que Serge revienne.

Nous avons une partie de basket à finir.

Est-ce que le téléphone a sonné? Oui. Papa parle au téléphone. Papa a promis à Liette de s'occuper de Jean-Sébastien et de Frédéric. Jean-Sébas dort sur le canapé du bureau de maman. Frédéric s'est endormi devant la télé.

Est-ce que papa est au téléphone avec maman?

Il raccroche. Il ne vient pas me voir sur le balcon. Il va éteindre la télé, je crois.

Ma figure collée à la moustiquaire, je guette le retour de mon père à la cuisine.

Pourquoi ne vient-il pas me dire que Serge va bien? Qu'il s'en vient? Que nous pourrons finir notre partie de basket même s'il est tard?

Pourquoi?

— Papa? Papa?

Pourquoi il prend autant de temps à me répondre?

— P-A-P-A?

Il arrive dans la cuisine, à pas de tortue, l'air bizarre. Il me regarde à travers la moustiquaire.

— Minou chéri, viens ici! me dit-il.

Sa voix tremble. Je n'ai jamais entendu la voix de mon père trembler.

— Non! Toi viens ici!

Je n'ai pas demandé. J'ai ordonné. Je ne veux pas rentrer dans la maison. Je ne veux pas.

Papa ouvre la porte et me rejoint sur le balcon. Il s'agenouille et me prend par les épaules. Il mordille ses lèvres, la supérieure, l'inférieure. Et ne parle pas.

Je prends les devants :

— C'est maman qui vient d'appeler? Qu'est-ce qu'elle a dit? Est-ce que Serge va rester à l'hôpital cette nuit?

— Minou chéri, écoute... je ne sais pas comment dire ces chose-là à une petite fille...

Il me traite de petite fille.

Pourquoi il s'interrompt et respire aussi profondément? Il prend mon visage entre ses mains, hésite à parler.

— Est-ce que Serge va être obligé de rester longtemps à l'hôpital? Est-ce que c'est grave?

Deux grosses larmes s'échappent de mes yeux. Mon père a du mal à avaler sa salive; je l'entends.

Pourquoi il a dit : «Je ne sais pas comment dire ces choses-là»?

— Quelles choses, papa?

Mon père essaie de me retirer le ballon des mains. Je ne veux pas qu'on me l'enlève! Je m'y agrippe, férocement, en criant :

— Quelles choses?

— Sara...

J'ai le cœur qui se débat. Mon cœur se débat.

Je sais quelque chose que je ne veux pas savoir. Moi aussi j'ai du mal à avaler ma salive :

— Est-ce qu'il va revenir?

— Non, ma douce. Il ne reviendra pas.

IL NE REVIENDRA PAS! Serge ne reviendra pas. Il est mort!

— C'est même pas vrai! C'est même pas vrai! T'es rien qu'un menteur!

— Sara, écoute-moi...

Non! Je ne veux rien écouter. Rien, rien! C'est même pas vrai!

Serge va revenir. Il doit prendre sa revanche.

Tout va très vite. Je repousse mon père qui tente de me retenir. Je suis dans la cuisine, devant le tiroir des gros ustensiles. Je l'ouvre avec rage et saisis le plus grand couteau. Mon père me rejoint; je suis déjà effondrée au centre de la pièce et je poignarde le ballon maudit de toutes mes forces en criant :

— T'avais pas le droit de t'en aller comme ça! T'avais pas le droit!

Papa me retire le couteau et le dépose dans l'évier. Il s'agenouille à côté de moi, me prend dans ses bras et me berce. J'éclate en sanglots. Des gros sanglots. Et j'ai peur de ne plus jamais pouvoir les arrêter.

J'ai douze ans et mon amour est mort. Ce n'est pas juste.

J'aperçois Frédéric. Il a tout entendu, tout vu.

Chapitre 12

Zombi figé dans le hall du salon funéraire, je me sens incapable de pénétrer dans la salle B.

Voir mon amour couché dans un cercueil, je ne veux pas! J'ai mal! Tellement mal!

Mandoline me tient la main. Des gens circulent dans ce hall : ils vont, ils viennent, parlent, pleurent.

Des souvenirs tourbillonnent dans ma tête. Une plage de Wells. Les lèvres de Serge touchent les miennes pour la première fois. La terre se dérobe sous mes pieds. Ses lèvres ne s'ouvriront plus jamais. Ses yeux non plus. Je l'aimais, moi, le grand fendant! T'avais pas le droit de t'en aller comme ça!

— Tiens, essuie tes yeux, me dit Mandoline en me tendant un mouchoir.

Ils sont venus en grand nombre lui dire un dernier bonjour : famille, amis, professeurs, élèves.

Greta Labelle arrive en pleurs, en traînant sa cour derrière elle.

— Salut, Mandoline!

Moi, elle ne me salue pas.

Serge est mort. Parti, avec tous nos projets.

Je déteste la vie! Elle est mesquine! Injuste! Salope! J'ai mal! J'ai tellement mal!

— Sara!

Steph. Mon amie Steph. Elle est venue, me prendre dans ses bras, me consoler.

— Veux-tu qu'on descende au fumoir boire quelque chose? me demande-t-elle.

Je ne sais même pas si j'ai soif. Je sais juste que je ne peux pas mettre les pieds dans la salle B.

— Allez! Viens! ajoute-t-elle en m'entraînant.

— C'est bien que tu sois là, Stéphanie! Moi, j'arrivais pas à la faire bouger d'ici, dit Mandoline.

Nous descendons au fumoir. J'entends quelqu'un rire. Je le grifferais!

Je suis comme Serge, sauf que moi je n'ai pas droit au cercueil. Je suis obligée de traîner ma peau, comme un boulet.

Steph et Mandoline font connaissance et semblent sympathiser.

— Je remonte.

— Attends, on vient avec toi! me dit Mandoline en me retirant des mains la cannette de Sprite qu'elle va déposer dans la poubelle.

Steph se lève et me flatte le dos. Mandoline se tient un tout petit peu à l'écart et me sourit.

Nous retournons dans le hall.

▲ ▲ ▲

— C'est la prière finale, Sara. Tu ne veux toujours pas venir? me demande mon père.

— Non!

Mandoline y va. Je m'accroche à Steph. J'entends un vague bourdonnement. Des gens prient, se lamentent.

Serge est couché dans son cercueil. On va le mettre dans la terre avec nos rêves, nos becs mouillés, nos caresses.

— Je ne veux pas!

— Pauvre Sara!

Qui a dit ça? Steph. Le bourdonnement s'estompe. La prière est finie. Mon roman d'amour est fini. Il n'y aura pas de «ILS VÉCURENT HEUREUX ET ILS EURENT BEAUCOUP D'ENFANTS». Les contes de fées, c'était pour les fées!

Steph essuie mes yeux. Je ne me rendais même pas compte que je pleurais.

— Veux-tu qu'on sorte? me demande-t-elle.

— Non, pas tout de suite, dis-je en prenant une enveloppe dans la poche de mon veston.

Les gens quittent la salle B. Je marche à contre-courant. Je veux dire bonjour à Serge une dernière fois, une toute petite fois, au nom de toutes celles qui n'auront pas lieu. Je le lui ai écrit sur du papier imprimé de nuages. Le maudit papier d'adieu que Steph m'avait donné.

Je passe devant les gens restés près du cercueil : la famille éplorée. Un homme très grand, châtain et un peu chauve, enserre les épaules de Liette. Le père de Serge, sans doute. Il a les mêmes yeux, des yeux vert pomme.

— Il se réveillera plus jamais, Serge ? Jamais, jamais, jamais ? demande Jean-Sébastien, debout sur le prie-Dieu.

Je ne sais pas quoi lui répondre, alors je ne dis rien.

Je ne pleure pas en apercevant mon amour couché pour l'éternité. Maintenant, je sais qu'il ne se réveillera pas. C'est vrai. J'aurai espéré jusqu'à la dernière seconde que ce soit un mauvais rêve, un cauchemar sans queue ni tête qui aurait duré plus longtemps que d'habitude.

J'embrasse Serge une dernière fois sur le front. Et je lui dis tout bas :

— T'avais pas le droit de t'en aller comme ça !

Je dépose ma lettre sur son cœur, en la récitant dans ma tête, comme une prière :

Mon amour,

Je suis déchirée comme une feuille
de brouillon qu'on jette au panier.
Tu me manques. Tu me manqueras.
Ce dernier bonjour, je voulais que
tu l'emportes avec toi.
Je t'aime, mon grand fendant.

Ta belle tigresse
xxx

—Ça donne rien, il pourra pas la lire! me dit Jean-Sébastien.

— Il la lira au paradis, lui répond Frédéric.

— C'est quoi ça, le paradis?

Il m'énerve, cet enfant-là! Pourquoi on ne lui met pas un bouchon pour le faire taire?

Un homme annonce qu'il est l'heure de fermer le cercueil.

Liette éclate en sanglots dans les bras de l'homme chauve.

— Viens, Sara! me dit ma mère.

Je quitte la salle B en courant. Je n'irai pas à l'église! Je n'irai pas au cimetière! Foutez-moi la paix!

Je cours sans savoir où je vais. Je cours à en perdre le souffle. J'ai un poing au cœur : il est brisé en mille miettes de toute façon!

Je cours, je cours... jusqu'à l'île de la Visitation. Et je m'écroule face à la rivière. Là, je pleure toutes les larmes de mon corps, en frappant le sol à coups de poing.

Chapitre 13

Après cette fin d'été dégueulasse, l'automne se faufile en douce.

Puis un matin, je n'ai plus de larmes à verser sur mon amour perdu.

Il me reste un portrait, un jonc et un air de Pat Metheny, *Are you going with me*, pour me rappeler que je n'ai pas rêvé ni l'amour ni la mort. Et des panneaux publicitaires aux quatre coins de la ville, sur lesquels on peut lire en gros et en large : LA SOIF DE VIVRE. Et pour illustrer ce slogan destiné à faire vendre du lait, pour illustrer surtout l'ironie de la vie, le très beau dessin de Serge.

Voir affiché en public ce gars et cette fille se tenant par la main, entre ciel et terre, me donne un choc chaque fois. Je trouve ça indécent, comme si on avait étalé notre histoire au grand jour mais pas pour les bonnes raisons.

Je ne pleure plus, c'est vrai, mais je n'arrête pas de penser à lui. Où que j'aille, quoi que je fasse, je pense à LUI.

On a beau me jurer que le temps finit toujours par tout arranger, je n'y crois pas. Quelque chose s'est brisé en moi, quelque chose qui ne se répare pas.

J'ai de plus en plus l'air d'un squelette ambulant. Je ne mange presque pas, sauf de la crème glacée au chocolat.

Je traîne ma peau d'un jour à l'autre, du moins ce qu'il en reste.

J'assiste à mes cours, tant bien que mal. Plutôt mal. Le soir, je m'enferme dans ma chambre, le store baissé, les yeux fermés. Branchée à mon baladeur, j'écoute *Are you going with me* à tue-tête. Ça me rentre dedans. Puis vient le moment où je ne sens presque plus rien, juste les notes qui m'égratignent l'intérieur, une à une.

Mes parents s'inquiètent pour moi. Ils ne savent plus où donner de la tête. Ils disent que ça les rend fous de ne pas pouvoir communiquer avec moi. Je leur dis de me laisser tranquille.

Une fois, j'ai lancé à ma mère :

— Moi aussi je suis morte!

Elle s'est mise à me secouer comme une poupée de chiffon, pour me bercer ensuite comme un bébé, en pleurant.

J'étais encore plus croche de la voir dans cet état. Alors je ne dis plus rien. De toute façon, je n'ai rien à lui dire.

Elle, par contre, n'a pas capitulé. Elle essaie de me parler. Elle essaie aussi de se taire. Rien n'y fait. Elle a même téléphoné à un psychologue, mais je ne veux pas aller le voir.

Je veux juste qu'on me foute la paix. Tout ce qu'il me reste de mon beau roman d'amour, c'est mon souvenir. Je ne tiens pas à ce qu'on me l'arrache. Ce n'est pas une dent cariée! Mais ça, mes parents, même s'ils le voulaient, ils ne pourraient pas le comprendre. Eux, alors qu'ils sont ENSEMBLE et EN VIE, ils s'entretuent à petit feu avec des mots blessants. Serge et moi, nous sommes peut-être morts, mais notre histoire est faite de mots

doux, de caresses, de longs baisers
mouillés, de frissons. De larmes aussi.

— Syntaxe! Tu m'a fait peur!

J'ai crié en sursautant.

— J'ai frappé au moins treize
coups pourtant! me dit mon père en
retirant mes écouteurs.

— ...

— Tu sais que ça affecte énormément ton ouïe d'écouter de la musique aussi fort?

— Oui, oui...

— Il sera un peu tard pour y penser le jour où tu seras sourde, ma belle!

— Si c'est pour me faire la morale
que tu es là, aussi bien t'en aller!
Y a assez de ma mère sans que tu t'y
mettes...

— C'est bon, c'est bon! De toute
façon, ce n'est pas pour ça que je suis ici.

Il me regarde en souriant, l'air
mystérieux. Il attend sans doute que
ma curiosité se réveille et que je
m'empresse de lui demander l'objet
de sa visite.

— Sara... J'ai une surprise pour toi!

— Ah...

Éternel optimiste, il ne se laisse
pas abattre par mon manque d'en-

thousiasme flagrant, pour ne pas dire chronique.

— Venez avec moi, jolie jeune fille!

Je l'aime bien, mon père, mais syntaxe! qu'il m'agace quand il fait semblant de ne pas me traiter en bébé!

— Tu ne peux pas me...

— Viens, je te dis! fait-il en déposant mes écouteurs sur le lit.

Il me prend par la main. Je le suis jusqu'au salon.

Au centre de la pièce, sur le plancher de bois, une boîte en carton.

— Qu'est-ce que tu attends? Va l'ouvrir! insiste-t-il.

Tapie dans un coin de la boîte, une petite boule grise, poilue. On dirait du velours.

— N'aie pas peur, il ne te mangera pas!

Je le sais bien! Ce n'est pas la peur qui m'empêche de bouger mais la surprise.

Mon père quitte la pièce sur la pointe des pieds. J'avance lentement ma main vers le chaton gris-bleu. Je caresse sa tête, doucement. Il lève les yeux vers moi, en remuant un peu. Puis il se lève sur ses petites pattes et vient se frotter contre mon bras.

Je sens mes yeux rouler dans l'eau. Je le prends. Minuscule, il tient dans ma main.

Je penche mon visage sur lui, sans cesser de le caresser, puis je colle mon nez sur le dessus de sa tête. Il ronronne. Je frotte mon front contre son petit corps laineux, sans chercher à freiner l'émotion qui m'envahit. Cette toute petite boule ronde, vivante, me donne envie de pleurer.

Des scènes du film *Roméo et Juliette* me traversent l'esprit. Puis le nom du grand dramaturge : William Shakespeare. William...

Je soulève le menton de mon nouveau compagnon et, c'est plus fort que moi, je lui souris :

— Salut, Willie !

Chapitre 14

J'ai fait attention de ne pas inviter Greta exprès pour toi! insiste Mandoline en tirant sur ses bas.

Je m'en balance, de Greta Labelle!

— On verra!

— Si tu veux, j'appelle Stéphanie!

— Elle, quant à moi...

— Quoi? Il s'est passé quelque chose?

— Non, justement! Il ne se passe plus rien... Mais je m'en fous!

— D'accord, je n'en parle pas à Stéphanie, mais toi tu me promets d'être fidèle au rendez-vous?...

Nous gelons comme des crottes au coin de la rue, sous les premiers flocons de neige acide.

— Sara, je te parle!

— J'ai dit : on verra!

En une fraction de seconde, le visage de Mandoline s'assombrit. Syntaxe! Qu'elle a le don de me jouer sur les cordes sensibles, celle-là!

— Dis oui... s'acharne-t-elle avec douceur et conviction.

J'hésite. Je n'ai pas vraiment envie de voir du monde, mais être là ou ailleurs, c'est du pareil au même.

— ... OK!... Mais c'est bien pour te faire plaisir!

Son regard s'éclaire comme si elle avait deux ampoules de cent watts allumées à la place des yeux.

— Et tu sais qui sera là? fait-elle en me prenant les mains et en sautillant presque sur place.

— Non.

— Emmanuel Ledoux!

— Connais pas!

— Voyons! Il est trésorier de l'association étudiante! Il est surtout beau comme un cœur et sympa comme tout!

— Ah...

Ça ne me fait pas un pli qu'il soit beau comme un cœur ni..

— Ça reste entre nous, mais je

sais de source sûre qu'il te trouve de son goût.

— Ah oui...

— Je te jure! Ça lui plaît vachement ton côté... sauvage, rebelle, mystérieux... inaccessible, quoi!

— Ah!

— C'est tout l'effet que ça te fait? s'exclame-t-elle, très désappointée par mon peu d'emballement.

Y a pas à dire, à part décevoir les gens autour de moi, je ne vois vraiment pas ce que je fais.

— Qu'est-ce que tu veux que je te dise! Je m'en balance comme de l'an quarante, comme dirait mon père!

Mandoline se prend la taille à deux mains et pince un peu les lèvres en expirant très longuement pour bien marquer son exaspération:

— Merde, Sara Lemieux! À part ton chat, ta crème glacée au chocolat et ton guitariste fétiche, y a vraiment rien qui te fait rien!

— Tu l'as dit!

Je lui ai parlé un peu trop sèchement, mais je n'ai pas le temps de revenir sur mes pas, elle enchaîne:

— Je continue d'espérer qu'un

bon matin tu vas te réveiller, SYN-
TAXE DE MERDE!

— Syntaxe de merde toi-même! tu
parles comme ma mère et tu sais à
quel point elle m'énerve!

Mandoline s'approche de moi en
posant sa main sur mon épaule :

— Tu es mon amie, Sara! Mon
amie, comprends-tu? À force de te
renfermer... tu es complètement déconnectée! Et merde! tu commences
à me faire peur!

— Des fois, je me fais peur à moi
aussi, tu sauras...

Ma réplique lui cloue le bec. Un
certain malaise se glisse entre nous,
comme un secret trop grand pour
l'espace disponible.

— En tout cas, si tu viens à mon
party pour me faire plaisir, j'espère
que tu t'amuseras, dit-elle doucement
en resserrant sa main sur mon
épaule.

— On verra...

— Bon, il faut que j'y aille. Je
garde ma sœur ce soir : c'est le prix
à payer pour avoir la maison à moi
demain! Tu te rends compte, pas de
parents à l'horizon pour nous espion-

ner! Ça va être un *party* super-au-boutte-de-toutte!

L'autobus est arrivé. Mandoline y monte en se retournant pour me saluer.

J'ai le temps d'entrevoir, au-dessus de la banquette avant, le célèbre slogan du lait : LA SOIF DE VIVRE!

Je ne pense plus qu'à une chose : bouffer de la crème glacée.

Chapitre 15

— Tu ne veux toujours pas danser?

— Non.

Pour la deuxième fois, je décline
l'invitation d'Emmanuel Ledoux.

Ce soir, j'ai fumé ma première ci-
garette, sans m'étouffer. Je ne peux
pas dire si j'aime ou pas.

Mandoline ressemble à une abeille
avec son maillot rayé jaune et noir.
Et elle butine, sans perdre de vue son
rôle d'hôtesse.

Je sirote ma troisième bière de la
soirée; la tête me tourne un peu et je
m'emmerde.

Je parle très peu, à très peu de
gens. On me le rend bien.

Je n'ai rien à dire et je commence
vraiment à me demander ce que je

suis venue faire ici. Surtout pas me faire achaler par Emmanuel Ledoux! Je me fous complètement de lui, il revient à la charge. Une vraie mouche!

Emmanuel La Mouche! Emmanuel La Mouche! Je me le répète dans ma tête et je trouve ça très drôle. Ça doit être la bière qui commence à me jouer des tours.

J'éclate de rire toute seule dans mon coin. Je dois avoir l'air vraiment déconnectée, comme dit Mandoline.

Tiens, en parlant d'elle... la voilà qui se laisse embrasser par Olivier Caron. Elle avait pourtant un œil sur Alexandre Noël! Chère Mandoline. Mandoline L'Abeille! Emmanuel La Mouche! Y a pas à dire, c'est la soirée des insectes! Ah merde! j'ai renversé une grosse gorgée de bière sur la belle blouse de ma mère! Elle ne sera pas du tout contente, ma maman! Parce qu'elle travaille très fort pour se payer de la soie pareille! Et moi, je ne suis même pas foutue de faire attention comme elle me l'a demandé au moins trois fois! Je suis décidément une fille ingrate.

Bon, et si j'essayais maintenant de trouver à quel moustique je ressemble? Heu... sûrement pas à une fourmi! Ce serait plutôt le genre de ma mère : débrouillarde, travaillante, organisée. La vraie fourmi de la fable.

Je ne suis pas non plus une cigale. J'ai peut-être ses défauts, c'est vrai, je suis de plus en plus paresseuse comme elle et j'aime beaucoup la musique mais juste pour l'écouter. J'ai abandonné mes cours de piano tellement je suis paresseuse, même si ça brise le cœur de mon gentil papa!

Donc, je ne suis même pas une cigale. Surtout que je chante comme un pied! Je suis quoi alors?... Ça y est, j'ai trouvé : un maringouin. Je pique et ça démange!

— Cette fois, tu ne peux pas me refuser! Qui a dit ça? Oh, mais c'est Emmanuel La Mouche!

— Enchanté, moi c'est Sara Maringouin!

— Qu'est-ce que tu dis?

— Rien, rien...

Ça doit être l'effet de l'alcool. Emmanuel La Mouche entraîne Sara

Maringouin, qui le suit... sans piquer!

C'est un *slow*. Un *slow* très lent. Une vieille chanson des années soixante-dix : *Stairway to heaven*. Un escalier pour le ciel...

Je ferme les yeux. J'appuie ma tête sur son épaule. L'épaule de Serge... Il caresse mon dos. Je frissonne. Je veux des frissons, encore des frissons. Il me serre contre lui.

— Je te trouve de mon goût, tu sais.

Pourquoi a-t-il fallu qu'il ouvre la bouche? Je me raidis. Je danse avec La Mouche. Je suis un maringouin.

— Pas moi.

Je ramollis. C'est sûrement à cause de la bière. Il continue de caresser mon dos. Je continue de frissonner. Je n'ai même pas la force de reculer.

— Il est tellement triste, ton regard. Pourquoi il est si triste, hein?

Et toi, pourquoi tu ne te contentes pas de danser avec un maringouin?

— Laisser tomber...

— Laisser tomber quoi? demande-t-il, sérieux comme un pape.

— Y a rien à laisser tomber parce que y a rien! Et je ne sais même plus ce que je dis. J'ai trop bu... Tu ne trouves pas que Mandoline a l'air d'une abeille?

Ma voix a tremblé, un tout petit peu mais elle a tremblé quand même, syntaxe!

— Pourquoi tu es triste?

— J'ai une peine d'amour.

— Le gars t'a plaquée?

— Si on veut.

— Comment ça, si on veut?

— On s'aimait!... C'était pas de la camelote... Ah non! Le grand amour! Le vrai de vrai, tu comprends?

— Pas vraiment, mais pourquoi ça a cassé, alors?

— On n'a pas cassé!... L'espèce de sale con est arrivé... à toute vitesse!... Serge n'a pas eu le temps... l'imbécile lui a foncé dessus. Je n'ai rien pu faire. L'auto était là et je n'ai rien pu faire. Une rue à sens unique... et je parle trop. J'aurais pas dû boire autant.

— Tu sortais avec Serge Viens?

La chanson continue, mais ce n'est plus un *slow*. Et on est là, toujours enlacés, alors qu'autour de nous ça saute comme des sauterelles.

Je lui tourne le dos. J'ai l'impression d'avoir enfin retrouvé mes esprits.

— Eh, attends!

— Je rentre chez moi.

— Si tu veux, je te raccompagne.

— Pas la peine, ma mère va venir me chercher.

— Ça me ferait plaisir.

Pourquoi est-ce que je ne le pique pas une fois pour toutes? Syntaxe! Je ne suis même pas un vrai maringouin!

— Oh merde!

— Qu'est-ce que tu as?

— Un peu mal au cœur!

— Viens! Contre le mal de cœur, y a rien de tel que d'aller prendre l'air!

Je ne rouspète même pas et je le laisse me guider.

Dans les bras d'Alexandre Noël, les cheveux ébouriffés et le regard halogène, Mandoline nous aperçoit et me tape un clin d'œil qui n'échappe pas à La Mouche à feu.

Elle n'a absolument rien compris, la pauvre abeille!

Chapitre 16

— Ça ne t'engage à rien de sortir un peu avec lui pour te changer les idées! Juste pour te changer les idées!

— Arrête de m'achaler avec ça, OK! De toute façon, Mandoline Tétrault, s'il y en a une qui ne peut pas me comprendre, c'est bien toi!

— Qu'est-ce que tu veux dire? fait-elle, l'air intrigué.

Je le dis? Je ne le dis pas?

— Toi, tu changes de gars presque aussi souvent que de petites culottes!

Loin d'être blessée par ma remarque, elle esquisse son beau sourire de grand conquérante avant de revenir à la charge.

— Et toi, sainte Sara, qu'est-ce

que tu comptes faire? Sacrifier ta vie à la mémoire d'un défunt? C'est bien triste, mais il est mort, ton beau Serge! Mort et enterré! Que tu te laisses dépérir n'y changera rien!

— Est-ce que je pourrais finir de manger mon sandwich en paix?

Mandoline a dans la tête de me faire oublier Serge dans les bras d'Emmanuel Ledoux.

Emmanuel Ledoux s'acharne à vouloir me faire sortie de ma torpeur (de mes gonds, oui!) en essayant de me convaincre de m'engager dans l'association étudiante.

Ma mère s'arrache les cheveux depuis qu'elle a trouvé une cannette de bière dans mon sac à dos.

Mon père, aussi découragé, fait des pieds et des mains pour ne pas me le faire sentir.

Le seul, parmi tous ces êtres vivants, à ne rien tenter désespérément pour que je change, c'est mon chat!

— Au moins si tu mangeais! me dit Mandoline en pointant le doigt vers mon sandwich abandonné après une bouchée.

— Quand j'ai besoin de parler,

Willie m'écoute, lui! Sans faire de chichi!

— Quand tu as besoin de parler, c'est à ton chat que tu te confies! Pas à moi! réplique mon amie, un soupçon de tristesse dans la voix.

Mandoline me regarde avec insistance, et beaucoup de douceur au fond des yeux. Je sais qu'elle n'ajoutera rien. Elle attend que je me livre, au moins un peu.

— Ça ne va pas trop bien dans ma tête.

Mandoline pose sa main sur la mienne en me disant :

— J'aimerais ça t'aider, Sara! Mais je ne sais pas quoi faire!

Je pense : «Tu n'es pas la seule!»

Sauvée par la cloche, je froisse ma serviette en papier puis la lance en visant l'assiette. Elle heurte le plateau et retombe sur la table.

Nous traversons la cafétéria en silence.

À la sortie, Mandoline me dit à voix basse :

— Merde pour ton examen d'histoire!

Elle croise les doigts. Je hausse les

épaules, nonchalamment.

Je n'ai pas révisé les notes que je n'avais pas prises de toutes façon!

▲ ▲ ▲

— Écoute, Sara, ton père et moi avons pris une décision.

J'ai à peine le temps de laisser tomber mon sac à dos. Pas encore digéré l'examen.

Ils sont là tous les deux, assis l'un à côté de l'autre, démesurément calmes, ce qui est en général alarmant.

J'enlève lentement mes bottines et mes bas humides.

Je les vois venir : ou je m'incline et j'accepte de rencontrer le psy en question ou on me flanque en famille d'accueil. Mais ça ne peut plus continuer comme ça!

— Ça ne pouvait pas continuer comme ça éternellement, tu comprends? fait mon père d'une voix presque inaudible.

— Ce sera mieux pour nous trois, ajoute ma mère sur un ton plus convaincant, mais sa main tremble.

Merde! Qu'ils arrêtent de tourner

autour du pot et me parlent franchement!

— Vous me flanquez dehors, c'est
ça?

— Mais qu'est-ce que tu vas chercher là! s'exclame ma mère en s'effor-
çant visiblement de sourire.

Mon père se lève et fait quelques pas à côté du divan. Je regarde
ses pieds. Willie vient s'y frotter en
miaulant. Papa le repousse d'un léger
mouvement de jambe, puis revient
s'asseoir sur l'accoudoir du fauteuil
d'en face en se frottant le menton.

Maman saisit machinalement un
livre sur la table et le retourne entre
ses doigts en toussotant.

Les secondes sont longues. Je
prends Willie sur mes cuisses. Il se
roule sur moi en ronronnant à tue-
tête.

— Ta mère et moi avons décidé
de nous séparer... J'ai une chance
d'avancement inouïe... à Toronto.

Toronto. Il a dit Toronto.

— Ça ne marchait plus entre
nous, dit l'un.

— Depuis tellement d'années
déjà...

Tellement d'années que je ne me rappelle pas que ça ait jamais collé entre eux!

Ma mère gardera la maison et les meubles : Sara incluse!

Je me lève en disant :

— Ah! bon...

Je leur jette un regard tout neuf, comme si c'était la première fois que je voyais le couple qu'ils formaient.

J'ai les jambes toutes molles.

AÏE! Willie s'amuse à enfoncer ses griffes dans mon bras.

— Arrête! Syntaxe de merde! Ça fait mal!

Toronto. C'est loin, Toronto. Le bout du monde. Mon père là-bas. Moi ici, toute seule avec ma mère.

Et quoi encore.

Chapitre 17

L'année scolaire tire à sa fin. Année passée dans la brume. Je ne sais pas encore si j'aurai à la reprendre et ça me fait ni chaud ni froid.

Et cet été devant moi, à combler de je ne sais quoi! À traverser comme un grand vide sans fin, un long tunnel noir-noir-noir. Ça ne me fait ni chaud ni froid.

Mandoline part un mois en croisière dans les Antilles, avec sa famille. Elle me manquera, même si, le plus souvent, elle joue à la mère avec moi.

Mon père a une petite amie, une Anglaise d'Angleterre, aux petits oignons avec lui : Rosamund. Jeune, jolie, *very* gentille. Trop. Elle en est achalante.

Lui, il a rajeuni de dix ans. Je ne le

reconnais plus. L'air heureux, il semble décidément se plaire à Toronto.

J'y suis allée deux fois, deux fois pour constater qu'il est heureux sans nous.

Moi, il m'arrive même de me remémorer avec nostalgie les chicanes de mes parents.

Les derniers temps, maman faisait remarquer à papa combien le chat était affectueux, LUI!

— Effectivement, je l'envie, le maudit chat! Il peut t'approcher, LUI! Mais moi, si j'essaie, tu sors tes griffes! répliquait-il, de plus en plus furieux.

Et maman d'ajouter :

— Tu aurais tout intérêt à observer Willie, au lieu de le maudire! Tu saurais peut-être t'y prendre et, moi, je serais la première à ronronner!

À ce moment-là, mon père se mettait à siffler.

Depuis qu'il nous a quittées, ma mère m'appelle «mon poussin». Et je vous jure qu'elle prend son rôle de couveuse au sérieux!

Tu me manques, papa.

Chapitre 18

— Sara!... Ce n'est rien...

— Il était là! Dans le champ! Je n'avais qu'à sauter la clôture... il me tendait la main... mais... je ne pouvais pas bouger!...

— Mon poussin, tu as fait un mauvais rêve. Ne t'inquiète pas, je suis là!

— ... j'étais incapable de faire un pas...

C'est la nuit. Je suis dans les bras de ma mère, trempée de sueur de la tête aux pieds.

J'éclate en sanglots :

— On aurait juré qu'il était là...

Ma mère me berce en caressant mon front mouillé :

— Ton père te manque beaucoup, n'est-ce pas?

— Ce n'était pas mon père!... C'était Serge!

Ma mère desserre son étreinte et m'incite à me recoucher en ramenant le drap sur moi.

— Essaie de te rendormir, me dit-elle en étirant son bras vers ma lampe de chevet.

Le bruit du verre qui bascule me fait tressauter. Je m'appuie sur mes coudes pour constater le dégât. Accroupie, ma mère ramasse ce qu'elle a fait tomber :

— Ta chambre est un vrai bordel aussi! ne manque-t-elle pas de me rappeler en déposant le verre, mon baladeur, mon coffret à crayons et la reliure dans laquelle je garde le...

Je le vois, tombé à côté du lit : le portrait que Serge avait fait de moi.

Je dis à ma mère, sur le point de le prendre :

— Non, laisse!

Je le range moi-même.

— Je retourne dormir, essaie d'en faire autant! me dit-elle en quittant ma chambre.

J'éteins la lumière.

Le sourire de la fille du portrait me reste dans la tête, me fait mal : mon sourire de l'été dernier.

▲ ▲ ▲

Aujourd'hui je me sens complètement engourdie, comme si je ne par-
venais pas à sortir du sommeil.

Je traîne au lit, longtemps, le plus
longtemps possible.

Je me lève parce que j'ai trop
envie de pipi et que ça ne peut plus
attendre.

Le miroir de la salle de bains me
confirme que l'apparence n'est pas
toujours trompeuse : j'ai les traits tirés et le visage bouffi.

Je me dirige vers le réfrigérateur,
en sors machinalement le contenant
de crème glacée au chocolat, m'en
sers un gros bol et décide d'aller manger au salon.

Au moment où j'étends mes pieds
sur la table en verre, mon regard se
pose sur un livre qui traîne depuis
des mois. Malgré son obsession de
l'ordre, ma mère n'a pas osé le ran-
ger.

Mon père le lisait les derniers
temps : *Les Songes en équilibre* d'Anne
Hébert.

Je l'ouvre au hasard.

En vain dans mon cœur
Je guette.
Il ne passe rien,
Rien que la pluie,
Que la brume.
[...]
La brume s'étend
Par-dessus les champs
Chaleur blanche
Lumière blanche.

Je referme le livre, étrangement troublée. Je me lève et marche jusqu'à la fenêtre en baie. J'appuie mon front sur la vitre en répétant le dernier vers à voix haute : «Lumière blanche.»

Je frappe mon front contre la fenêtre.

Dehors, Frédéric Viens lance un ballon dans le panier.

Je ne sens rien.

▲ ▲ ▲

— Franchement, mon poussin! Tu ne vas pas passer l'après-midi écrasée devant la télé par un temps pareil!

— Chut!

Elle me tape sur les nerfs! Elle m'achale. Elle m'énerve!

— Il fait un soleil superbe...

— M-E-R-D-E! Si MOI j'ai envie de regarder un film!

— D'accord! Te fâche pas! (puis elle ajoute pour elle-même : «Ce qu'elle peut être soupe au lait!»)... Je vais faire des courses avec Liette et Jean-Sébastien.

— C'est ça!

Je pense : «Bon débarras!»

Je presse la commande de rebobinage du magnétoscope.

Juliette est sur son balcon, en robe de nuit. Roméo escalade le mur jusqu'à elle. Ils se jurent un amour éternel.

▲ ▲ ▲

Occupée à son arrangement de fleurs séchées, la fleuriste ne me voit pas.

Je finis par m'annoncer en toussant.

— Oh, pardon! Qu'est-ce que je peux faire pour toi?

— Je voudrais un lys, s'il vous plaît.

— Très bien, me dit-elle en déposant la gerbe de petites fleurs mauves.

Elle ouvre le grand réfrigérateur où sont les fleurs, prend un lys et revient derrière son comptoir.

Elle essaie de me passer le plus rabougri.

— Je préférerais celui qui est complètement à gauche. Non, pas celui-là! Le plus grand!

Expéditive, elle l'emballe dans du papier transparent et poinçonne le prix sur la caisse.

— Je pourrais avoir une petite carte, aussi?

— Évidemment, mam'selle!

Mam'selle toi-même, vieille pimbêche!

Chapitre 19

La fin de l'après-midi baigne dans un soleil aveuglant. Sous le vent, les arbres se secouent comme des chiens mouillés.

Le lys tremble entre mes doigts : je frissonne. C'est la première fois que je mets les pieds ici...

Les battements de mon cœur s'accélèrent. Je dois faire des efforts pour avaler ma salive tant ma gorge est serrée.

Je voudrais... Je voudrais avoir le courage de franchir cette grille! Mais l'idée de chercher son nom gravé dans la pierre parmi toutes ces tombes me rend malade.

Et ce bourdonnement dans les oreilles! Ce maudit bourdonnement!

Je m'agrippe à un barreau de la

grille. Je dois me parler à voix haute :

— Vas-y, Sara! Tu es capable!

Aujourd'hui, tout me pousse à venir sur sa tombe : le rêve de la nuit dernière. L'extrait du livre d'Anne Hébert ouvert au hasard, alors que ce livre était sous mes yeux depuis des lunes! Et ce film, *Roméo et Juliette*! J'avais besoin de le revoir! Aujourd'hui! Sans penser qu'aujourd'hui c'était l'anniversaire de Serge.

— Vas-y! Vas-y!

J'avance, à petits pas, dans ce cimetière où mon amour perdu dort à jamais.

Chaque pas, un coup de couteau dans les souvenirs qui déboulent!

— Et qu'est-ce qu'ils font, entre ciel et terre, ces deux-là?

— Ils dansent. Et ils s'aiment.

— J'ai dit je t'aime, Sara Lemieux!

— Non... tu... tu n'as pas dit Sara!

— N'oublie jamais que je t'aime. À la vie, à la mort!

Nous sommes le baiser que nous

nous donnons, un baiser tout mouillé, unique.

C'est une rue à sens unique.
Juste un bourdonnement... épouvantable bourdonnement... elle n'avait pas le droit d'être là, l'auto!
Rien pu faire... je n'ai rien pu faire...

— Minou chéri, écoute... je ne sais pas comment dire ces choses-là à une petite fille...

Des noms défilent. Les noms d'inconnus. Mes souvenirs me poursuivent dans ces allées de pierres tombales.
Et ce bourdonnement dans les oreilles...

Sur sa tombe... Liette recueillie. Elle tient la main de Jean-Sébastien.
Je reste en retrait.
Jean-Sébas se penche sur un bouquet de roses rouges. Il en cueille une. Liette fait un mouvement de la main. Il embrasse la fleur, puis la dépose à côté de la gerbe.

Liette se retourne et m'aperçoit. Jean-Sébastien reprend sa rose et la cache derrière son dos, me suppliant du regard de ne pas le dénoncer. Liette dit qu'il peut la garder.

— Bonjour, Sara, me dit-elle en s'approchant de moi.

Sans rien ajouter, elle m'embrasse sur les joues et me serre très fort contre elle.

J'ai le motton.

— Viens, Jean-Sébastien.

L'enfant marche à reculons de façon à me voir. Liette l'entraîne, sans se retourner.

Je suis seule à présent à quelques mètres de la tombe, avec mon lys.

Je m'avance en évitant de lire l'inscription.

Je regarde le bouquet de roses au pied de la pierre. Il en manque une. Il en reste quatorze. Serge aurait eu quinze ans aujourd'hui.

Je lève les yeux :

**Ici repose en paix
notre fils aîné bien-aimé.**

Je relis l'inscription. La relis, pour apprivoiser ce nom aimé, gravé dans la pierre : **SERGE VIENS**.

Je m'agenouille sur le gazon, face aux roses. Retire le papier transparent. Dépose ma fleur et la petite carte signée Sara.

Je sursaute, effrayée par un bruit : l'emballage du lys emporté par le vent. Je me lève pour aller le ramasser. On dirait un oiseau qui a du mal à prendre son envol.

Il finit par se poser au pied d'un chêne immense, après s'être heurté au tronc.

Je me penche pour le prendre. Quelqu'un passe derrière moi et me frôle le dos. Je ne bouge pas, je retiens mon souffle.

Chapitre 20

Le cimetière plonge dans une lumière d'un telle brillance qu'elle m'aveugle complètement.

Je m'appuie sur le chêne. Mon dos glisse le long du tronc, comme si on m'avait coupé les jambes...

Je me mets à trembler.

Mon souffle ralentit. J'ai de plus en plus de mal à respirer, comme si une main invisible essayait de m'étrangler.

Des larmes glissent sur mes joues, comme des lames tranchant ma peau.

Pourtant, malgré la violence de la sensation, je n'ai pas peur...

Sa silhouette se dessine.

Je ressens une bouffée de chaleur intense.

Il est là, devant moi.

Je reprends peu à peu mon souffle.

Il est là, devant moi : Serge.

Je regarde paisiblement son beau visage.

Son sourire m'apaise. Son regard m'inonde d'une joie sans nom.

Cela devrait durer éternellement.

— Bonjour, Sara!

Sa voix. De la douceur pure.

Il me tend la main, une main invitante. Oh! oui! Être touchée, caressée, aimée par elle! Oui! Oui! OUI!

Je me lève. Et me précipite à sa rencontre.

Je suis à quelques pas.

Sa silhouette s'efface doucement, comme les mots sur un tableau d'ardoise disparaissent sous les coups d'une brosse.

Je ne vois plus rien : ni le cimetière ni le chêne. Il n'y a que cette lumière trop scintillante! Et cette voix à l'intérieur de moi que j'entends clairement : «Non, tu n'as pas rêvé!»

Est-ce que je suis en train de basculer dans la folie?

Je suis complètement perdue.

— Non, tu n'as pas rêvé!

Je l'entends! Il me parle!

— Mais où es-tu, syntaxe de merde?

— Sara, calme-toi!

— Je t'en supplie, Serge, reviens!

— Sara! Ressaisis-toi, pour l'amour!

La gifle résonne dans mes mâchoires. Le regard affolé, ma mère me secoue par les épaules.

— Mais qu'est-ce que tu fais encore ici, à cette heure-là?

La lumière a disparu. Serge a disparu. Ma mère m'aide à me relever. Liette lui a dit m'avoir croisée ici en fin d'après-midi.

Il fait très noir tout à coup.

Je tousse. J'ai froid.

— Tu fais de la fièvre. Allez, viens!

Je la suis, jusqu'à sa voiture, jusqu'à la maison, jusqu'à ma chambre.

Elle dit qu'il y a un méchant virus dans l'air. Je dois l'avoir attrapé.

Elle installe l'humidificateur à côté de mon lit.

Elle dit que ça arrive parfois, quand la fièvre est très forte, on délire...

Elle prend ma température. Je n'en fais pas.

Chapitre 21

Je m'appelle Sara Lemieux. J'ai treize ans. Je suis couchée dans mon lit. C'est la nuit. Et moi je l'entends! Il me parle! Mais où est-il?

Le rejoindre. Je veux le rejoindre.

Et cette lumière qui s'immisce à présent, comme si le soleil se levait tout à coup dans ma chambre, à minuit passé!

— Respire, Sara! La respiration, c'est la clef du passage!

Je respire!

— Maintenant, concentre-toi très fort sur la lumière!

Je me concentre : ce n'est pas trop difficile, je ne vois qu'elle!

Elle s'intensifie. Encore et encore. Puis elle s'infiltre en moi, doucement.

Je suis bien. De plus en plus légère, comme une plume d'oiseau portée par la brise.

Si légère, tout à coup!

— Viens, Sara!

Oh, oui!

Il m'invite à le rejoindre. Je me lève et marche vers lui.

Il est là, devant moi. Il ne s'enfuira pas.

La lumière ne m'aveugle plus. Elle est blanche, blanche et délicieusement attirante.

Je bouge comme jamais je n'ai bougé, comme si j'avais porté jusqu'ici un manteau trop petit et qu'enfin je l'enlevais.

Je tourne la tête. Sur le lit, j'aperçois mon corps, inerte comme un cadavre.

Fascinée, je le regarde et cela ne m'effraie pas. Je m'en sens aussi détachée que de n'importe quel objet meublant la pièce.

J'ai l'impression de flotter. Il n'existe pas de mots pour décrire la sensation. Il n'y a pas de mots de toute façon. Dans cette dimension, ils sont inutiles.

Je nage dans l'éther, d'azur et d'or :

— Je suis tellement bien ici. Tellement bien.

— Tu ne dois, en aucun cas, franchir la limite de la lumière blanche. Sinon tu oublierais qu'une enveloppe charnelle t'attend là-bas! me dit-il.

Un courant d'une intensité infiniment douce me traverse tout entière.

Quelque part, dans la dimension terrestre, deux ambulanciers roulent en direction d'un hôpital.

À l'arrière, une femme d'une trentaine d'années, en pleurs. À côté d'elle, sur la civière, le corps d'une adolescente nommée Sara Lemieux.

Chapitre 22

Dans la salle d'attente, la femme fait les cent pas, le visage ravagé par l'inquiétude, les yeux terriblement cernés.

Un homme arrive, essoufflé, un sac de voyage à la main, qu'il s'empresse de déposer sur une chaise. Il peigne ses cheveux avec ses doigts et se frotte le menton, l'air anxieux.

Il n'a pas cessé de courir depuis qu'elle lui a téléphoné.

Il a sauté dans le premier avion. Puis il a pris un taxi à l'aéroport de Dorval.

— Il y a du nouveau? demande-t-il à la femme.

— Non, rien! répond-elle en se mordant les lèvres.

Je sais que cet homme et cette

femme sont mes parents. Pourtant, je me sens tout aussi détachée d'eux que du corps de leur fille, branché à un respirateur au service des soins intensifs.

Je ressens le poids de leur peine et de leur inquiétude, mais je n'en souffre pas. Je ne peux rien pour eux, sinon vivre paisiblement l'amour que je leur porte.

Je me tourne vers Serge. Je lui souris.

— Je dois maintenant gagner la lumière, Sara. Et toi seule peut me permettre de la franchir.

— Comment?

— En acceptant de me laisser partir.

— Et si je traversais la lumière blanche avec toi, nous serions ensemble, à jamais! Comme Roméo et Juliette!

— Tu es libre de le faire, Sara, mais...

Il s'interrompt.

L'éclat de la lumière diminue légèrement puis s'intensifie de nouveau.

— Sara, crois-tu vraiment avoir

achevé ton parcours sur terre?

La lumière vacille.

Qu'est-ce qui me retient, là-bas, à part Willie, Shakespeare et Pat Metheny?

Je fixe la limite de la lumière blanche : tout mon être se sent appelé par elle.

Je n'aurais qu'un pas à faire.

— Monsieur et madame Lemieux... Je suis vraiment désolé pour votre fille, dit le médecin en touchant l'épaule de ma mère.

Elle s'écroule de douleur dans les bras de mon père, qui frappe l'air d'un coup de poing.

— Je m'excuse de vous brusquer, mais nous avons un receveur...

Un pas. Un tout petit pas et je n'aurais plus à traîner le poids de la vie, là-bas, dans ma carcasse étroite.

Le front en sueur, mon père signe d'une main tremblante la formule d'autorisation pour la transplantation de mon cœur.

Ma mère pousse un grand cri de désespoir en m'appelant :

— SARA ! SARA ! SARA !...

Serge m'incite à repartir :

— Là-bas, dans quelques minutes, il sera trop tard.

Le temps n'existe pas ici. Une seconde ou l'éternité, c'est du pareil au même.

Dans un couloir de l'hôpital, on transporte le corps de Sara Lemieux jusqu'à la salle d'opération.

Serge s'éloigne tout doucement.

À la limite de la lumière blanche, il se retourne.

Son regard me pénètre avec une intensité infinie. Je suis l'amour que je reçois de lui.

Il traverse la lumière.

Il est parti. Il est à l'intérieur de moi.

Un pas. Un tout petit pas pour le rejoindre.

Sur la table d'opération, le chirurgien s'apprête à ouvrir le corps de Sara Lemieux.

Pr...
Blad...

"Fast moving, thought-p...
fun. S. L. Viehl has once ~~again nailed it.~~
—Linda Howard

"A heartrending, passionate, breathtaking adventure of a novel that rips your feet out from under you on page one and never lets you regain them until the amazing finale. Stunning." —Holly Lisle

"A tale of vengeance and self-discovery set in the far future. . . . A good choice." —*Library Journal*

"*Blade Dancer* satisfies the audience's curiosity. . . . Many twists and turns." —BookBrowser

"If you like the *StarDoc* series, you'll love *Blade Dancer*. Do yourself a monster-size favor and buy it." —Alley Writer

Turn the page for more rave reviews . . .